光文社文庫

一億円もらったら

赤川次郎

光　文　社

目次

一億円もらったら……5
故郷《ふるさと》は遠くにありて……63
一、二の三、そして死……123
仰げば尊し……183
ミスター・真知子の奮闘……241
解説　山前《やままえ》譲《ゆずる》……298

一億円もらったら

1

思いもかけない幸運だった。

それは武井《たけい》にしては、考えられないような大胆な行動の結果で――。といって、何をしたというわけではない。

ただ、すれ違うとき、目を上げて彼女を見たというだけなのである。

そしてそれと同時に、彼女の方も武井を見た。見も知らぬ同士、目が合うということもないではない。しかし、そんなときはスッと互いに目をそらし合うのが普通だろう。

武井はその日、そうしなかった。近付きながらじっと彼女の目を見つめていた。そして――水たまりに踏み込んで、靴の中に泥水が入ってしまっても、目を離さなかった。

その勇気は、彼女の少々戸惑いながらも礼儀正しい微笑《ほほえ》みと会釈《えしゃく》で報われたのである。

「――行ってくるよ」

武井は玄関に出て、声をかけた。

「あなた……」

妻の純子《じゅんこ》が不審げな表情で出てくると、「どうして最近はこんなに早いの？」

「早いって……。ほんの十分くらいじゃないか」

武井は靴をはくと、マフラーをきっちりコートの中へ押し込んだ。

「十分早く家を出るってことがいかにサラリーマンにとって大変か、私だって知ってるわ」

と、純子は言った。「ＯＬ、だてに七年もやってないわよ」

「もう、俺も四十八だぞ。早起きの辛《つら》さより、電車が少しでも空《す》いてる方を選ぶようになるんだよ」

と、武井は言って、「じゃ、行ってくる」

と、玄関のドアを開けた。

「気を付けて」

純子がサンダルを引っかけ、「いいわ、鍵《かぎ》かけるから」

武井は今朝も吐く息が白く渦巻いて風に吹かれていくのを見て、自分が都心から遠く離れた場所に住んでいることを実感するのだった。

――純子は、夫が蒸気機関車みたいな息を吐きながら肩をすぼめて歩いて行くのを見送っていたが、その内、足下から寒さが這《は》い上がってくるのを感じてあわててドアを閉めた。

「――お父さん、もう行ったの？」

娘の美里《みさと》が、パジャマに毛糸の靴下、丹前をはおって朝ご飯のテーブルにつく。お洒落《しやれ》な十七歳にしても、寒さにはかなわないのである。

「――おミソ汁、あったためる？」

「うんと熱くして！」

娘はご飯とミソ汁、父親はパンとコーヒーという珍しい好み。

「お父さん、早いね、ここんとこ。前はいつも私と『すれすれまで寝てる競争』してたのに」

「ねえ。何だか変よ。――美里もそう思う？」

「でも、十分くらいでしょ？　十分じゃ浮気できないよ」

「何もそんなこと言ってないでしょ」

と、口を尖《とが》らせつつ、純子は娘のカンの良さにドキッとしていた。

でも——そうね。十分間じゃ確かに浮気はできないわ。

「目玉焼、食べる？」

と、訊《き》きながら、もう純子の手は冷蔵庫を開けている……。

——「浮気」と呼ぶかどうかは別にして、武井が朝少し早く家を出るようになったのは、ある女性のせいだった。

駅への道の途中、それもたいてい百メートルほど手前の歩道で、武井は彼女と会う。

武井も正確に家を出ているが、向うも劣らずに正確だろう。でなければ、ほとんど毎日、ほぼ二、三十メートルの誤差で出会うことなど、考えられない。

といって、武井は彼女の名さえ知らない。言葉を交わしたことがないのである。

ただ、すれ違いながら目が合うと、微笑みを浮かべて互いに会釈する。——それだけのことだ。

最近では会釈するタイミングさえ、絶妙な一致を見せるに至っていた。

ところが——この朝、彼女はやって来なかった。武井はわざわざ足どりを緩めまでしたのだけれど、駅が見えて来てしまった。

武井は少しがっかりしたが、もちろんたまには彼女が休みを取ることもあるだろうし、風邪だってひくだろう。だからそうひどく落胆したわけではない。

腕時計を見て、時間に間違いないことを確かめる。——仕方ない。明日は会えるだろう。

武井は、北風に首をすぼめ、駅の改札口へと足どりを速めた。ところが——彼女がいたのである。

歩いて来たのではなかった。改札口の外に、じっと立っていたのだ。

誰かと待ち合せかな。武井はともかくホッとしていた。少なくとも病気ではなかったわけだ。

武井は定期券を出すと、改札口へと続く人の流れの中へ溶け込んだ。

彼女は——それでも普段より元気がないように見えた。何か思い詰めた表情で、立っている。武井のことに気付いていないようだった。

武井が改札口までほんの二、三メートルというところで、彼女はやっと目を上げて彼を見た。今、気付いたという様子ではない。

迷うことなく武井を見たのだ。

武井は軽く会釈した。当然、彼女の方も会釈を返してくれると思っていた。

だが、今朝は違っていた。何もかも違っていた。

彼女は真直ぐ武井の方へと歩いてくると、いきなり武井の腕をつかんで、引張った。

武井は仰天した。まるで彼女が実体のない幻かと思ってでもいたようで、腕をつかむ彼女の手の感触が信じられないようだった。

「来て」

と、彼女は言った。

武井が初めて耳にする彼女の声だ。夢の中で語りかけてくる彼女に比べると、実際の声は少し低くて、太い感じだった。

「あのね――」

武井は引張られて列から抜けると、「電車があと三分で――」

「時間を下さい」

と、彼女は言った。「私に、今日一日――いいえ、午前中だけでも、一時間でもいいの。時間を私に下さい」

じっと武井を見つめている目は、真剣そのもの――というより切羽詰って、譲ることのできないものだった。

会社がある。とんでもない話だ。名前も知らず、どこに住んでいるのか、何をしているのかも知らない女性のために遅刻して行く？

武井には考えられないことだった。

「——お願い」

と、彼女は言った。

腕をつかむ彼女の手は震えていた。拒むことはできない。名前さえ知らない相手でも、毎朝会釈する仲なのだ。見捨てては行けない。

「お願い」

と、彼女はくり返し、

「分った」

と、武井は肯《うなず》いた。「どこへ行く?」

彼女は無言で武井の手を取ると、引張って歩き出した。

駅へ集合してくる人の群れに逆らうのは大変だった。その中には武井と顔見知りのご近所もいたかもしれない。

しかし、もう武井に彼女を止めることはできなかったのである。

2

武井は、ぼんやりと座っていた。

目の前の席は空っぽだったが、まだ彼女の「存在」が感じられた。

——どうにもならない。

同じことを、四十八年の人生の中で、いやになるほど感じて来たはずだが、しかし今ほどその実感が刃物のように胸を刺してくるのは初めてだった。

しかし、何をどうしたところで、俺に何の力もないのは明らかなのだ。

武井は、無意識にコーヒーカップを取り上げて、空だということに気付いた。いつの間に飲んだのだろう?

コーヒーなんかのんびり飲んでいられる場合じゃないというのに。

武井が空のコーヒーカップを受け皿に戻すと、

「——もう一杯いかがです?」

と、声がして、見知らぬ男が目の前に座った。

「はあ……」

お願いします、という意味で言ったわけではないのだが、その男はウエイトレスへ、

「ここ、コーヒーあと二つ」

と、注文したのだ。

いやに元気のいい、爽《さわ》やかな印象の青年である。とはいえ、三十くらいにはなってい

るだろう。スーツ、ネクタイも趣味がいい。

「突然、すみません」

と、その男は言った。

「私、田ノ倉良介《たのくらりようすけ》と申します」

「どうも……」

と、小さく肯くように会釈する。

「妙な奴《やつ》と思われるでしょうが、実は今お二人の話を隣の席で聞いていまして」

「盗み聞きですか？」

と、ムッとしたが、「ま、聞こえますな、その気がなくても」

「あの女性が絶望に沈んでおられるのに、あなたにはどうすることもできない。そのために悩んでおられる。そんな風にお見受けしましたが」

「まあ、そんなところです」

と、武井は言った。「や、どうも」

コーヒーが来た。たっぷり砂糖を入れて飲む。

「いくら砂糖を入れても、値段は同じですよね。せめて、そんなぜいたくをしたい」

「分ります」

と、田ノ倉という男は微笑を絶やさず、「むろん、人間の幸福はお金では買えない。しかし——」

「お金で買えなくても、お金のせいで失うことはいくらもあります。その場合はお金でいくらかは幸福を買うことも……」

「それです、私が申し上げたかったのは」

「——何のことです？」

「今、一億円あったら、どうされます？」

武井はポカンとしていたが、

「私のことを馬鹿《ばか》にしてるんですか？」

「とんでもない。真面目《まじめ》にお訊きしてるんです。一億円が手に入ったら、どうされますか」

「そりゃあ……。色々あるでしょ。むろん、百合《ゆり》さんのことも助けたいし」

「さっきの女性ですね」

「そうです。——八田《はった》百合さんといいます。父親が会社の金を使い込んだというので、訴えられるかもしれないんです」

「なるほど」

「一億円ね。――しかし、入るあてもないのに、使いみちを考えるのは空《むな》しくありませんか」

「差し上げます」

と、田ノ倉は言った。

「――何を」

「一億円です。それを、八田百合さんのために使われようと、家を建てるのに使われようと、あなたの自由です。ただし、使いみちについて、正直に報告していただく。それだけが、あなたの義務です」

武井は、アングリと口を開けて田ノ倉を見ていたが、

「あなた、どうかしてますよ」

「お疑いはごもっともです。明日の午後三時に、ここへおいで下さい。現金で一億円、お渡しします」

田ノ倉が略図をコピーした紙をテーブルに置く。

そして自分のコーヒーをさっさと飲み干すと、

「では、お待ちしてます」

と一礼し、足早に店を出て行った。

武井は、その略図をしばらく眺めていたが、やがて手に取って、

「馬鹿げてる」

と、呟《つぶや》いた。


「お前は救いがたいセンチメンタルな奴だな」

と、白髪の紳士が言った。

「いけませんか」

と、田ノ倉良介は心外という面持ちで、

「先生は、私の自由な判断で一億円渡す相手を選んでいいと——」

「分ってる。私だって、自分の言ったことを忘れるほどぼけちゃいない」

と、宮島勉《みやじまつとむ》は苦笑いした。

「なら、よろしいじゃありませんか」

「まあいいだろう」

——広々とした居間に、暖炉の火がかすかな木の焼ける匂《にお》いを漂わせている。

「しかし、その女——百合といったか？」

「八田百合です」

「女が本当のことを言っているかどうかも分らんぞ。結局、武井という『純情中年』が傷ついて終るかもしれん」

今度は田ノ倉の方が皮肉っぽい笑みを浮かべて、

「心配しておられるんですね？　あの武井って男の誠意が裏切られるのを。先生の方こそ、センチメンタルじゃありませんか」

宮島は少しムッとした様子で、

「お前のような若い奴にゃ分らん。人生の苦い味はな」

「分らなくて結構です。まだ私は三十一歳ですから。それに独身ですし。——あ、失礼、先生も独身でした」

「いやみな奴だ」

と、宮島は渋い表情で、「ともかく、その男でいい。どうなるか、きちんと見届けろよ」

「はい」

と、田ノ倉はホッとしたように肯いた。「もう当ってあります」

「何だ。じゃ、今日偶然会ったわけじゃないんだな？　ずるいぞ」

「そう簡単に、先生を面白がらせるような人間は見付かりませんよ。この前のチンピラでこりたんです」

「ああ、一億やったとたんに銀行に預けて、真面目な公務員になった奴か」

「人は見かけによらないって教訓にはなりましたが」

「――それで?」

宮島は、火かき棒で暖炉の灰をつついた。白く細かいちりが舞い上る。

「八田百合って女は、信用できるんだな」

「もちろんです」

――宮島勉の秘書をつとめる田ノ倉良介は、人の名前や顔を憶《おぼ》えることに関してはパソコン以上の能力の持主である。

宮島勉と田ノ倉は親子ほども年齢が違うが、それでもこの二人の出会いは運命的と呼べるほどに絶妙なものだった。

大富豪で、欲しいものは何でも手に入りそうな宮島に、唯一《ゆいいつ》欠けていたのは「家族」だった。既に七十に近く、莫大《ばくだい》な財産を「国にくれてやるくらいなら、全部海の底へ沈めてやる」と言っていた宮島が、偶然出会ったのが田ノ倉で……。

一介の秘書と、雇い主でありながら、二人は旧友の如《ごと》く対等な立場で初めからものを言い合った。

そして、「使いみちのない財産なら」と、田ノ倉が思い付いたのが、

「誰かを選んで、一億円を贈る」

というものだった。

ドストエフスキーの愛読者だった宮島はそのアイデアを面白がった。――一億円を受け取った人間がどう変るか。試験管の中の化学反応を見るように、「人と金」との出会いからどんな反応が起るか、興味を持ったのである。

かくて、田ノ倉は秘書業の合間に、それにふさわしい相手を捜すことが重大な任務になった……。

「――まず、八田百合の父親ですが」

と、田ノ倉はソファに浅く腰をかけたまま少し身を乗り出すようにして話をした。

何のメモも見ない。田ノ倉の記憶力はそんなものを必要としないのだ。

「武井に話していた、父親が会社の金を使い込んだ、というのは事実です」

と、田ノ倉は言った。

八田百合は目を上げた。

「――考えてみたか」

正面に座った男は言った。

大きな机の向うにいる男。——今、百合の父の運命を手中に握っている男である。

「はい」

と、百合は答えた。

「——それで？」

百合は、答えを決めてここへ来たわけではなかった。「考えたか」と訊《き》かれたから、肯定しただけのことだ。

しかし、答えをこれ以上先へ延すことが無理なのは、百合もよく分っていた。

百合が口を開きかけたとき、ドアが開いて、秘書の一人が顔を出した。

「社長、お出かけの時間で——」

「入ってくるな！」

と、水木《みずき》は厳しい声で言った。「ノックせずに開けるな、と何度言ったら分る！」

秘書は真青になった。

「申しわけありません！」

「俺が出るまで、誰も入って来るな」

「はい！」

ドアの閉る音を、百合は背中で聞いた。

水木は息をついて、

「君のお父さんは、決してあんなことはしなかったものだ」

と言った。「礼儀正しく、節度を心得ていた」

「ありがとうございます」

百合は礼を言った。「――社長。でも、あんな大金が消えて、もみ消すことができるんでしょうか」

「できる」

と、水木は即座に答えた。「俺を信じてくれ。――と言っても、お父さんの罪を公《おおや》けにしない代りに、君に愛人になれと持ちかけるような男を、信じろと言っても虫のいい話かな」

「いえ……。社長が好意を持って下さっていたことは、知っています」

「そうか」

「でも――そのことが奥様に知れませんか。私が、社長と奥様の間を……」

「あいつが『社長夫人』の肩書を捨てるものか」

水木は、少し苦々しい調子で言った。「ともかく、約束する。君のお父さんのことは昔から知ってもいるし、普通の退職扱いで辞めてもらおう」

百合は、水木がもっと脂《あぶら》ぎった、体だけを目当てにするような男なら、どんなに気が楽かと思った。

だが、水木は本気で百合を好きなのだ。そして、百合の父がこの会社の金を使い込んだことを利用して百合を手に入れようとしている自分に、後ろめたさを感じている。

「八田君も、あと一年で停年だというのに、どうしてあんなことをしてくれたのかな……」

と、水木は首を振った。

「――分りました」

と、百合が言うと、水木は少し戸惑ったように、

「つまり……」

「父のこと、よろしくお願いします」

百合が頭を下げる。

水木の頬が、少年のように染った。六十二歳の白髪に、それはよく映える夕焼けのようだった。

「いいのか」

「はい。ただ——三日ほど待って下さい」

「分った。もちろん、お父さんのことを先に片付けよう。その上で。君もその方が安心だろう」

水木の声は少し上ずっていた。「こうしよう。週末、ゴルフで泊りになる。君と、出先で落ち合う。それでどうだね」

百合は、

「結構です。——よろしくお願いします」

「うん……。そうか。そうか。君を大事にするよ。本当だ」

本気で、心から言っているのが、百合をいっそうやり切れなくした。

「仕事に戻ってよろしいでしょうか」

「ああ」

百合は、立ち上って一礼すると、社長室を出ようとして、

「お出かけにならないと、遅れます」

と言った。

「そうか！　忘れるところだったよ」

水木は上機嫌に笑って、百合も——自分でもびっくりしたのだが——一緒に声を上げ

て笑ったのだった。

3

百合が席に戻ると、

「百合さん、電話」

と、隣の女性が言った。「5番で取って」

「ありがとう。――もしもし」

椅子《いす》にかけて、「――どこから？」

と、声を低くする。

「このビルの一階だ」

と、こわばった声が言った。「下りて来てくれ。頼む」

百合は、しばらく答えなかった。

「――百合。もしもし？」

「仕事中ですから。それにもう……」

「君が下りて来てくれないのなら、僕の方から上って行く」

百合は深い疲労感に捉《とら》えられながら、ため息をついた。

「分ったわ。今行きます」

と言うと、すぐに受話器を置く。

どうして分ってくれないのだろう。どうして……。

「ちょっと下に……」

隣の子に断る言葉も中途半端になる。どうせ、何も言わなくても聞き耳を立てて察しているに決っているのだ。

エレベーターで一階に下りて行くと、ビルの正面玄関の明りの中に苛々《いらいら》と歩き回る彼の姿が見えた。

百合が歩み寄って行くと、ハッと足を止める。

「――悪かった。仕事中なのは分ってるんだけど……」

「謝るくらいなら、あんな無理を言わないで!」

と、百合は厳しく言った。「あなたも大人でしょう。自分だって仕事をしてるのに。分ってるじゃないの、こんな風に抜け出して来たら、周りでどう思われるか」

川口《かわぐち》は、口を尖《とが》らしたまま黙ってしまった。――百合は、きつく言い過ぎたことを反省した。

「下の喫茶店へ行きましょう」

と、促して、「十五分だけ」

「うん……」

大柄な川口を、百合が従えて歩いているように見える。

二人は、喫茶店の奥のテーブルについた。

「紅茶二つ」

と、注文して、「――もう話はすんだはずだわ」

「納得できないな。君が何かしたってわけじゃない」

「分ってくれないのね。父と私は同じ会社にいるのよ。そこで父がお金のトラブル。――私がのんびり結婚なんかしてられると思う?」

川口紀一《のりかず》は二十九歳。百合より一つ上だが、「坊っちゃん育ち」で、百合に引張られる付合いが楽しいようだった。

人はいい。だから、百合も川口と結婚するつもりだったし、今でも好きだ。

しかし、一旦《いったん》ギクシャクし始めると、とたんに「人のいいお坊っちゃん」は「だだっ子」と変る。「ほしい物は何でも手に入る」と思っているのだ。

「僕は思ったんだけど……」

と、川口はしばらく考えてから言った。「君のお父さんの……その……返さなきゃいけない金を、うちで負担したら？」

「あなたのうちで？　お母様が許すはずないでしょ」

「いや、僕だって何百万か貯金はあるし、少しは会社からも借りられるし。――お父さんには少しずつ返してもらうってことで」

百合は笑い出しそうになるのを、何とかこらえた。――悪気じゃないのだ。

「ねえ、川口さん、そんなものじゃないの。父は……。とてもあなたに立て替えてもらえるような額じゃないのよ」

紅茶が来た。川口はカップに手も触れず、

「一体、いくら使い込んだの？」

と、訊く。

「小声で。会社の人がいつも利用するのよ、ここ」

「ごめん」

「一億円」

川口は耳がどうかしたかと思ったらしい。

「いくら、だって？」

「一億円。——立て替えてもらえる？」

川口は青ざめてしばらく動かなかったが、その内、スッと立って出て行ってしまった。

百合は顔を伏せ、涙をこらえた。

自分の意地の悪さに、いやけがさして来たのである。

ガタッと椅子の音がした。——川口が戻って来たのかと思った百合は、顔を上げてびっくりした。

「武井さん！」

「どうも」

と、武井は言った。

重そうな手さげの袋を両手にさげていて、それをそっと床へ置くと、

「ちょうど、お二人が地下へ下りていくのを見て、ついて来た」

「よくここが……」

「分るよ、この辺にも来たことがある」

武井は微笑《ほほえ》んだ。「——今のが『彼氏』だね」

「ええ……。私、凄《すご》く意地悪なこと言って、追い返しちゃった。でも——あの方がいいんです。私のこと、諦《あきら》めてくれるから」

百合は武井を見て、少し気楽になった様子。

「心配して来て下さったんですか」

「もちろん。あんな別れ方して、やっぱり……。いや、仕事中だね。手っ取り早く言おう。昨日の話は——」

「もう、さっき社長に返事しました」

「何と言って？」

「承知するしかありません。父を……刑務所へ入れるなんて……」

「いけないよ」

「ありがとう。——武井さん、本当のお父さんみたいに心配してくれて。嬉《うれ》しいの。ありがとう」

と、頭を下げる。

「断りなさい」

「でも——お金を返せと言われるわ」

武井は、二つの紙袋を百合の方へ動かして、「これで返すんだ」

「——何、これ？」

「見て」

武井は少し汗をかいている。

百合は、かぶせてあった紙をめくって、目を疑った。――ゆっくりと武井を見る。

「一億円、ちょうどある」

「武井さん――」

「待ってくれ。僕も信じられないくらいだから、君に説明するのは難しい。でも、これはある人がくれたんだ」

「――一億円を？」

「そうなんだ。好きなように使っていいと言ってね。本当なんだ」

百合は、フラッと立ち上った。

「武井さん……。私、もう戻らないと」

「君ね、これは――」

「今は……何だか分らないの。ごめんなさい！」

百合は喫茶店を出て行った。

武井は、息をついた。――確かに、信じてくれと言われても、とても不可能かもしれない。

武井自身からして、あの田ノ倉という男が現実に目の前に一億円の札束を積み上げて見せるまでは——いや、その後だって、信じられなかったものだ。

一体あの男が何者で、何の目的でこんなことをしているのか、見当もつかない。

ともかく、武井は考える前に百合にこれを渡してしまいたかったのだ。迷ったり、悩んだりする前に。

どうせないはずの金だ、と思える内に。

しかし、もっとじっくり時間をかけて百合と話すべきだった。これでは、彼女をびっくりさせただけだ。

とりあえず、武井は手さげ袋を自分の足下に引き戻した。

「——ご注文、お決りですか」

と、ウエイトレスに訊《き》かれて武井はギョッとした。

「あ、あの……コーヒー」

「ブレンドでよろしいですね」

「うん。——あ、それじゃね、……。いや、それでいい」

武井は、一瞬、特定の豆をひいてもらおうかと思ったが、「もったいない」と思い直したのである。

——一億円か。

コーヒー一杯飲むのには、おつりが多過ぎる、と武井は思った。

4

「――ただいま」

百合は、玄関を入って、「お父さん？」

部屋が暗い。

どこかへ出かけたのだろうか？

部屋は冷え切っていた。――吐く息が白い。

百合は明りを点《つ》けると、急いでエアコンのヒーターを入れた。――この寒さではすぐ暖くならないだろうが、仕方ない。

父、八田繁也《しげや》は、現在休職扱いになっている。会社としては、スキャンダルが外部に出ることを嫌っているのだ。

しかし、何といっても犯罪は犯罪で、会社が警察へ届け出れば八田は逮捕される。

百合は、買って来た物を冷蔵庫へしまい込んだ。――父は大方タバコでも買いに行ったのだろう。

マンションの一室。

父と娘の二人暮しが、二十年余り。母は、百合が六つのとき、亡《な》くなっている。

百合は十歳にならないころから、家事のほとんどをこなして来た。父は会社では経理のベテランとして、重宝されていたので、そう出世はしなかったが、仕事は楽しそうだった。

その父が……。あと一年で停年という今になって、一億円の使い込み。

百合には分らなかった。――父の様子に少しも変ったところなどなかったのに。

そして、ふしぎなのは、一億円を何に使ったのか、さっぱり分らず、本人もひたすら黙っていたことである。

百合は、着替えようと奥へ入って行った。

――武井の見せてくれたあの現金の束。

百合は、むろんびっくりしたが、同時にショックを受けたのだ。

父が一億円を何に使ったか、見せつけられたような気がした。

いや、父に恋人がいたとかいうわけではない。武井のように穏やかで、落ちついた常識のある人が、あんな大金を、見も知らない――話をするようになったのは、父のことが発覚してからだ――女のために差し出そうとするということが、ショックだったのである。

あれが何の金だったとしても、武井自身で用意できるわけがない。

まさか……。武井が会社の金を？

「そんなはずないわ」

と、思わず口に出して言った。

武井とは、恋人でも何でもない。——友だち、と言えるかどうかはともかく、やましいところはなかった。

いや、百合はあの日——駅の改札口の前で、初めて武井と口をきいた日、彼とどうなってもいいと思っていた。

何もかもが崩れ去って、どこか確かな、安心できる場所を求めていたのである。そのとき、毎日会釈《えしやく》をする、ふしぎな人のことを思い出したのだった。

しかし、武井は百合をなだめ、落ちつかせた。そして、二人はじっくりと話をした。

それだけ。——本当にそれだけである。

武井も、百合に同情し、心配してくれていたが、

「僕にはどうしてあげることもできないなあ……」

と言っていた。

もちろん、百合もそれ以上を武井に求めていなかったのだ。
ただ、昨日社長の水木の要求のことを聞いたときには、さすがに武井も青くなってい
た。
百合も、これきり会わないことにします、と告げて別れた。――あのことで、武井は
急に思い詰めたのだろうか？
それでも、たった一日で一億円なんて大金を、用意できるだろうか。
着替えをした百合は、台所へ行こうとして、ふと思い出した。玄関に、父のサンダル
があったことを。
すると……。
百合は、お風呂場《ふろば》へ行ってみた。明りをつけると、タイルの上に倒れている父の姿が、
まるで絵のように、映画の一場面のように浮かび上った。
手首の傷からは血が流れ出て、排水口へと向っていた。
八田は目を開いた。
百合は、ウトウトしていた。――もう朝になろうとしていて、一睡もしていなかった
のだから、仕方ない。

「百合……」

小声で呼ばれると、百合はハッと目を覚まし、

「お父さん！」

と、小声で言った。

「ここは……」

「病院よ。――とんでもないことして」

と、百合は、包帯で巻かれた父の左手首をそっと指で触れた。「痛む？」

「ボーッとして……。よく分らん」

八田は、娘を見つめると、「俺が自分でやったのか？」

「呆《あき》れた。憶《おぼ》えてないの？」

「何となく……。うん、夢でも見たのかと思った」

「呑気《のんき》ね！」

と、百合は言った。「――他の患者さんが目を覚ますから、小さい声でね」

「うん……。色々、すまん」

八田は少し舌がもつれていた。

「もう大丈夫よ。心配しないで」

と、百合は父の額に手を当てた。

「――大丈夫？」

「社長さんが、警察沙汰《ざた》にしないって、言って下さったの」

「本当か？」

「ええ。そして、お父さんは普通退職扱いにするからって」

「しかし……」

八田は眉《まゆ》を寄せて、「あの金は……どうするんだ」

「それは……私が少しずつ返していくわよ」

と、百合は言った。

「お前が？　百年かかっても、無理だろう」

「返すって誠意を見せれば……。ね、いい方だもの、社長さん。分って下さってるわ」

百合は、そう言って、「さ、分ったら安心して眠るのよ」

「ああ……。すまんな」

「毎日は来られないけど……。今、忙しいの。それと、週末は課の旅行でね。私、幹事だから行かなきゃいけないの」

「ああ、分った……。父さんは大丈夫だ」

「じゃあね。——きちんと、食事もするのよ、分った？」

百合は、何度か父の手を握ると、立ち上って、静かに暗い病室を出た。

——外に出ると、少し空が白んで、明るくなりかけている。

冷えた空気が体の芯《しん》までしみ込んでくるようだ。

父を叱《しか》る気にもなれなかった。充分に悪いことをしたと思っているのだ。

他に方法はない。——百合は歩き出した。

何だか時代劇みたい、と百合は呑気に考えた。

父の借金のかたに悪い代官に身を任せる哀れな娘……。そんな役回りも悪くないじゃないの。そうよ。

百合は、青みを増してくる空を見上げて、私は悲劇のヒロインになるのよ、と自分に言い聞かせた。

——マンションに着くころには、すっかり朝になっていた。

救急車騒ぎがあったので、他の住人と顔を合せたくなかった。ポストを覗《のぞ》いて、中の封筒を手早く取ると、逃げるようにエレベーターへ。

どうせダイレクトメール。

そう思って、部屋へ上るとその封筒をテーブルへ投げ出したが——。

〈親展〉の文字にふと目を止めた。父、八田繁也あてである。

裏を見ても、差出人の名はなかった。――何だろう？

このまま父に渡すべきだというのは分っていた。しかし、もしかして使い込んだ一億円のことが――その理由が分るかもしれない。

差出人の名がないというのがいかにも妙だった。

冷え切った部屋の中で、百合はしばらくその封筒を手にしたまま、動かなかった。


「また当て外れか」

と、宮島は皮肉っぽく言った。「やっぱりお前にはまだ人を見る目がない」

「何とでも言って下さい」

田ノ倉はふてくされて、「しかし、あの武井って男も、一度は八田百合に一億円丸ごとやろうとしたんですから」

宮島は、ソファでのんびりと足を伸した。

「ま、女の方もびっくりするだろうな」

「そうですよ。しかし――武井も、それですっかり気が変っちゃったっていうんですから、情ない奴《やつ》で……」

「まともな家庭人なのさ。結構な話だ」

と、宮島は言った。「で、どう使うって?」

「とりあえず、家のローンの残りが一千万ほどあるので、それを払って、家の中に防音の部屋を作ってグランドピアノを置くんだそうです」

「なるほど」

「娘がピアノを習っているそうで——何とも幸せそうに話してましたよ」

「そうか」

「それから車がもともと中古のオンボロだそうで、それを買い替えて、奥さんに着物を作りたいと……。残りは、老後のために貯金するそうです」

「まあ、まともな考えだな」

「しかし……武井はともかく、八田百合の父親の方が気になりますね。一億円も何に使ったのか。それに、手首を切ったりして……」

「珍しい話だ」

と、宮島が言った。

「八田のことですか? まあ確かに——」

「手首さ」

「というと？」

「男はあまり手首を切って死ぬなんてことはやらないもんだ。首を吊《つ》るか、電車に飛び込むか、どこかから飛び下りるか」

「そうですね……。でも、切ったんです」

「分ってる。しかし、死ぬ気はなかったんじゃないのか」

宮島の言葉に、田ノ倉は肯《うなず》いて、

「そうかもしれませんね。ただ、娘に申しわけないという気持を何とか伝えたくて……」

「そうじゃない」

と、宮島は首を振った。「分るか。たぶん――お前が思ってるほど単純なことじゃないんだ」

「単純ですみません」

と、田ノ倉はむくれて言った。「じゃ、一体何だって言うんです？」

「その内、いやでも分るさ」

と、宮島は言った。「まだ目を離すな。その娘と武井という男から」

暖炉で、パチパチと音をたてて火が高く上った。

5

「行ってくるよ」

と、武井が玄関へ出ると、

「行ってらっしゃい、お父さん！」

と、娘の美里がわざわざ出て来てくれる。

「ね、今度の日曜日、グランドピアノを選びに行くから。いいでしょ？」

「ああ、しかし部屋がちゃんとできてからでいいんじゃないのか？」

「早く決めときたいの！」

「分った、分った。好きにしろ」

と、武井は笑って家を出た。

「気を付けてね」

と、妻の純子が声をかける。

「――お母さん、心配？」

「そりゃね。突然、あんな大金……。代りに何か悪いことがなきゃいいけどね」

と、純子は言いながら、でも、着物の他にハンドバッグや靴も欲しいわね、などと考えていた……。

――武井は駅へ向う道がいやに近く感じられるようになっていた。

金が入ったせいで、というのは何だか気恥ずかしいが、ともかく「余裕」ができたということは、全く気分を変えてしまうものだと知った。

寒い中、こうして朝早く出勤していくことも、「どうしても行かなきゃ」というのと、「いつ辞めても、当分は困らないんだ」という気持でいるのとでは全然違うのだ。むしろ、「会社に行ってやる」とでも言いたい気分。

妻と娘が、ともかく大喜びしている姿も、武井を幸せにしていた。――もっとも、一億円をもらったという説明を信じてくれるまでが大変だったが。

良かった。――ともかく、これで良かったのだ。

武井は足を速めて――ハッとした。

「いつもの場所」に、百合が立っていたのである。

武井が足を止めると、百合が真直ぐに歩いて来た。

武井は無言で百合を見つめていた。百合の目は以前にはなかった、燃えるような光を持っていた。

「お金を下さい」

と、百合は言った。

「君——」

「私に下さるとおっしゃったでしょ。一億円使ってくれと言ったでしょ」

「ああ……」

「下さい。私、それで社長の愛人にならずにすむんです。私に下さい」

どこか挑みかかるような言い方だった。

武井はたじろいで、

「そう言われても……。君、あのとき受け取らなかったじゃないか」

「突然で、びっくりしたんです。当然でしょ？　でも、あなたがどうやってあのお金を作ったにしても、私のために作って下さったのを拒むなんて、悪いことをしたと思ったんです」

百合は、武井の腕を取ると、「道の真中じゃお話ししにくいわ。どこかへ行きましょう。ね？」

と、誘うように武井を見た。

武井は、背筋にゾクゾクするものを感じた。——百合は変った。いや、自分の方が変ったのだろうか？

「さあ！」

百合が武井の手をつかんで引張る。武井も逆らわずに歩き出していた……。

まさか……。

こんなことが起るとは。――こんなことが。

武井は百合を抱いていた。小さなホテルの一室で、昼間の光を遮った部屋の中で、百合と肌を触れ合っていた。

「――何を考えてるの？」

と、百合が言った。

「いや……。色々ね」

百合は、武井が目を合せないようにしていることに、気付いていた。

「どうやって私のこと、追い払おうか、って？」

「百合……」

「そう呼ぶのは、お金を払ってからにして」

と、百合は言った。「どうなの？　一億円を私にくれる？　それとも、あんなこと、初めっから考えてなかったの？」

「いや、本気だった！　本当に丸ごと君に、と思ってたんだ。しかし……。あの後、うちで話してしまった。女房や娘が、あれこれ買おうと楽しみにしている。――今さら、それを諦《あきら》めろとは言えない。分るだろ？」

百合は起き上った。裸の肩が白く光った。

「じゃ、どうして私を抱いたの？」

「どうして、って……。それは……」

「私はタダなのね。お金なんか払わなくても抱けると思ったのね」

「悪かった、つい――」

「男なんて、同じね！」

百合はベッドから飛び出すと、手早く服を着た。

「な、百合――。お金のことは……一億は無理だけど、少しなら……。何百万か――一千万くらいなら、何とか――」

「奥さんに何て説明するの？　たまたま道ですれ違ってた女に頼まれたんで、一千万やることにしたよ、とでも？」

武井は答えられなかった。

百合は笑った。——声を上げ、死ぬほどおかしそうに笑ったのである。

「——じゃあ、さよなら」

と、百合はドアを開けて、「——もう、会っても挨拶《あいさつ》しないで下さい」

と言って、出て行った。

武井は、まだ百合のぬくもりの残るベッドの中で、体の芯が凍りつくような寒さに身震いした……。


「どう？」

病室は静かだった。「仕事、早くすんだから」

百合がベッドのわきに座ると、

「お前……」

と、八田はさりげない口調で、「今日、会社へ行かなかったのか」

「行ったわよ。どうして？」

と、フルーツを出して、「りんご、むいとくわね」

「ああ……。ちょっと電話したんだ。そしたら、『来ていません』と……」

「外出してたのよ。社長さんのおともでね」

「水木さんの？　どうしてお前が。秘書でもないのに」

「さあ……。だって、いやとも言えないでしょ。何しろ、お父さんのこともあるし」

百合は笑って、「何を心配してるの？」

「いや、別に……。ただ、俺のことでお前がいやな仕事をさせられているんじゃないかと――」

「まさか。私、いやなことするくらいなら、お父さんを刑務所に入れちゃうもん」

と、百合はりんごの皮をむきながら、言った。「お父さんだって、私が幸せになった方がいいでしょ？」

「ああ……。もちろんだ」

「そうよね。――安心した！　はい、アーンして」

百合は、父の口へ、りんごの一切れを入れてやった。

看護師がやって来ると、

「八田さん。今、お見舞の方がこれを――」

と、封筒を渡した。

「どうも」

八田は封筒をそのまま枕《まくら》もとに置いた。

「どなたかしら？　お礼を言って来ようか？」

「いや、いいんだ。分ってる。仕事の関係の奴なんだ」

「そうなの？　でも——読まないの？」

「後で読むよ」

と、八田は言った。「週末はいないんだな」

「うん。いい男でも見付けてくる」

と、百合は微笑《ほほえ》んだ。「一億円ぐらいポンと出してくれる人、いないかな」

八田は、複雑な表情で娘を見ていた。

「——百合」

「うん？」

「あの男……。川口っていったかな。どうした？　付合ってるのか、まだ」

「川口さん？　ううん、もう別れたわ」

「そうか。——俺のせいか？　金のことで……」

「そうじゃないの。ま、きっかけかもしれないけど、私の思ってたような人じゃなかったのよ」

「そうか……」

「色々男の人と付合うと、段々男を見る目ができてくるわ。ねえ」

「そうだな……」

八田は黙り込み、百合はただ黙々とりんごの皮をむいていた……。

6

「社長、お帰りにならないんですか？」

と訊《き》かれて、水木は、

「ああ、先に帰ってくれ。ここへ電話が入ることになってるんだが……。少し待ってみるから」

と、クラブハウスの時計を見た。

「そうですか。じゃ、お先に」

「お疲れさん」

と、水木は肯いた。

ゴルフコースを見渡せるロビーのソファに座って、水木はそっと汗を拭《ふ》いた。

やれやれ、やっと帰ってくれたか！

まさか、早く帰れとも言えないし。――水木は冷汗をかいていたのだった。

冬とはいえ、日射《ひざ》しはまぶしく、風もなくて、ゴルフ日和《びより》だった。

水木がいつもほど調子が出なかったのを、怪しむ人間はいなかっただろう。

水木がソファの肘《ひじ》かけをトントン叩《たた》いていると、入口の自動扉が開いて、百合が入って来るのが見えた。

いいタイミングだ。

「――遅くなって」

と、百合は会釈《えしやく》した。

「そう他人行儀にするなよ。さ、かけて。車を回してもらうから」

「はい」

百合は小さなボストンバッグをさげていた。

「お父さん、どうだね」

「大したことはありません。落ち込んでいて、ついフッとやってしまったんでしょう」

「早くけりをつけるようにするよ。あと一週間ほど待ってくれ」

「よろしくお願いします」

と、頭を下げる。

百合のそういうけじめのつけ方が、水木は好きだった。

「うん。——今夜はのんびりしよう」

「はい」

「じゃ、すぐ——」

と、立ち上りかけて、「どうした」

さっき帰ったとばかり思っていた部下が、立っていたのである。

「は……。月曜日の出張のことで……。いえ、また改めてご相談します」

チラッと百合を見て、急いで出て行く。

同じ社だ。むろん百合のことも知っている。

水木は渋い顔になった。

「しつこい奴《やつ》だ!」

「構いませんわ」

と、百合が言った。「どう思われても。私、後悔しませんから」

「そうか。——うん!」

水木は感動した様子で、「君がそう言ってくれるなら——」

「早く出かけましょう」

「そうしよう」

車を玄関へ回してくれるように頼んで、二人はロビーで待っていた。

「お車が」

と、フロントの係が言った。

「ご苦労さん」

二人は外へ出て、正面のベンツへと歩いて行った。

そのとき、

「百合！」

と、叫ぶ声が二人の足を止めた。

八田が立っていた。——ゴルフのクラブを手にして。

「八田君」

水木が青ざめた。「君——どうしたんだ」

「俺を騙《だま》したな！」

と、八田は体を怒りに震わせながら、「うまいこと言って——、俺に横領の罪をかぶせといて、今度は百合をものにしようってのか！」

「いや……。八田君、待ってくれ！　ゆっくり話せば分ることだ。——やめろ！」

八田がゴルフのクラブを振り上げて水木へと襲いかかった。水木がクラブハウスの中へ逃げ込もうとする。

しかし、自動扉の反応は遅かった。扉が開く前に、八田の振り下ろしたクラブが水木の肩を打った。

「痛い！——助けてくれ！　誰か！　人殺しだ！」

クラブハウスの中へ転《ころが》り込んだ水木へ更に八田が殴りかかる。やっとフロントの男が駆けつけたが、水木は額から血を流して、必死で床を這《は》って逃げようとしていた。

「この野郎！　死ね！——俺の百合に手を出した奴は死ね！」

数人の男にやっと押えつけられた八田は、なおも喚《わめ》き続けている。

百合は一人、外に立ってその出来事を顔色一つ変えずに眺めていた。

そして、父親が引きずられるように連れて行かれ、水木が気を失って倒れるのを見届けると、静かにそこから立ち去ったのだった……。

「——〈会社社長、一億円横領で逮捕〉か」

と、宮島は新聞を閉じてソファの上に投げ出した。「やっぱり、思いがけないことになったな」

「クラブハウスまで見に行って、良かったです」

と、田ノ倉は言った。「めったに見られない光景でしたね」

「要は、八田が娘を手放したくないと思い詰めていたことだ。そんなことは誰でも見当がつくさ」

「しかし、あそこまで行くと……。川口という娘の恋人のことを、探偵社に調べさせたんですが、どうもここが悪い、という点が見当らない。——それを水木についポロッと打ち明けたんですね」

「水木にとっちゃ渡りに船だ。一億円横領の罪をかぶってくれ、と持ちかける」

「そうなりゃ、百合は一生金を返すために働き続けて、結婚なんて諦めるでしょうからね。その代り、水木は八田との間で、警察に届けない、普通退職扱いにすると約束していたそうです。次の仕事も世話すると」

「ところが、水木はこの機会に百合を自分の思うままにできないかと思い付く」

「ひどい奴ですよね。もともと百合に惚《ほ》れてたんでしょうけど」

「百合はどこで気付いたんだ？」

「マンションに、探偵社からの調査報告が届いたんです。川口だけじゃない。百合の行動まで、八田は調べさせてたそうで、百合はそれを読んで、愕然《がくぜん》としたんです」

「なるほど」

「自殺未遂も、考えてみれば、血が流れ出したばかりだった。すぐ見付かるタイミングを測っての狂言だったわけですね」

と、田ノ倉は言った。「百合は自分に尾行がついていることを知っていて、武井を誘ってホテルへ行った。その報告を読んで、八田はてっきり水木が相手と思い込んだ。怒り狂って、ゴルフ場へ、というわけです」

「なるほど。娘の気持は分るな」

「父親のために社長に身を任せる決心までしたのに、それがでたらめだったんですからね。八田にも水木にも同情する気にはなれませんね」

「ドラマチックな結末だ」

と、宮島は肯《うなず》いて、「しかし、一億円やった相手は結局——」

「でも、あれはあれで良かったんじゃないでしょうか。武井も、彼女のことを忘れないでしょう」

「うん……」

宮島は少し考えていたが、「——どうだ、少しお前好みのセンチメンタルな結末を付け加えてみるか」

「何のことです？」

と、田ノ倉は言った。

武井は、落ちつかない様子で、華やかなロビーに立っていた。

田ノ倉は、人の間をかき分けるようにして、「やっと見付けた！　いや、凄《すご》い人ですね」

「大安だそうで」

と、武井は言った。「それで——何のご用です？」

田ノ倉は答えずに武井を眺めて、

「うん、これで充分」

と肯いた。

武井は黒の上下に、シルバータイ。どう見ても結婚式の招待客である。

「女房に、『誰のお式なの？』と訊かれて困っちゃいましたよ」

「いいじゃありませんか。一億円の代りですよ」

「そりゃまあ……」

武井も、そう言われると弱い。

「さ、こっちへ」

と、田ノ倉が促す。

武井はあわてていて行った。大人でも、迷子になってしまいそうな混雑である。

「どこに行くんです？」

「こっちです。――そろそろかな」

と、田ノ倉は足を止めた。

「何がです？」

「この廊下を真直ぐ歩いて行って下さい」

「――それで？」

「それだけです」

「それだけ？　歩いて行くだけですか」

「さ、簡単でしょ。行った行った！」

と、田ノ倉がポンと背中を叩く。「ゆっくりですよ！」

わけの分らないまま、武井は歩いて行った。

――一億円くれるなんて、とんでもないことをする人間は、何を考えてるのかさっぱり分らん。

首をかしげながら歩いて行くと――。

廊下の向うから、式を終えたらしい花婿《はなむこ》と花嫁が歩いてくる。

上気した顔の花婿は白のタキシード、花嫁はウエディングドレスである。

顔を伏せ気味にした花嫁の顔は良く見えなかったが、花婿の顔はどこかで見たことがあるような気がした。

歩いて行き、近付くと、ふと花嫁が顔を上げた。

――百合！

そうか。花婿はあのときの――川口とかいう男だ。では、結局、こういうことになったんだな……。

百合が武井に気付いた。

二人の目が合う。百合の頬も赤く染って、目には涙が光っていた。

良かった。――良かった。

武井は、その二人とすれ違おうとして、ふとわきへ寄った。

花嫁が会釈し、武井も会釈を返して、そのまますれ違って行く。

武井は、そのまま廊下の奥まで歩き続けて、振り返らなかった。

百合が会釈してくれた。――それは、一億円でも買うことのできない幸せな気分を、武井の胸に残したのだった。

故郷《ふるさと》は遠くにありて

1

「ねえ」

妻のそのひと言に、三橋貞之《みつはしさだゆき》はいつもゾッとした。

「ねえ」

にも色々ある。

町の噂話《うわさばなし》を聞きつけて黙っちゃいられない、ってときの、秘密めかした「ねえ」。何か欲しいときの、子供のように甘ったれた「ねえ」。それに、夜、すり寄って来ながらせがむときの「ねえ」……。

だが、今のやつはそのどれでもなかった。大体まだ昼間で、甘ったれるという時間じゃない。

「ねえ」

と、敏代は夫が石油のポリタンクから一向に顔を上げようとしないので、少し苛々した様子でくり返した。

「何だ。聞こえてるよ」

と、三橋はポンプの目盛をじっと見ながら、「――ずっと見てねえと、後で分らなくなるんだ」

「洗濯機がまた動かなくなっちゃったのよ」

「この間修理したばっかりだぞ！」

「私に怒んないでよ。私は洗濯をしただけよ。洗濯しなきゃ壊れないかもしれないけどね、そりゃ」

「待ってろ」

三橋は、ポンプのスイッチを切った。「――電機屋の奴《やつ》、何を直しやがった！」

「あんたが言ってよね。私が言ったんじゃだめなの」

と、敏代は額の汗を拭《ふ》いた。「もう買い替えなきゃ」

「どこにそんな金があるんだ」

三橋は、家の風呂場《ふろば》へ入って行った。

敏代は、夫が洗濯機を叩《たた》いたり蹴《け》ったりしているのを、風呂場の戸口にもたれて眺めていた。

「――乱暴にしたら、却《かえ》って壊れちゃうわよ」

「畜生！」

三橋は悪態をついた。「タダで修理させてやる。ちゃんと直さなかったんだ！」

「でも、言ってたじゃないの。部品がないんだって。少し寸法の違うのを無理して使ってるから、長くもたないかも、って言われてたわ」

「早過ぎるぜ、それにしたって」

三橋は、タオルで手を拭いた。

もう、ガソリンや石油の匂《にお》いがしみ込んで落ちることはない。

「木原《きはら》さんとは仲良しでしょ。うまく言ってよ。いやよ、狭い町の中でケンカなんて」

三橋は答えずに表へ出て行った。

外に立っていると、そろそろ風の冷たさが辛《つら》い。特に、日の落ちかかるこれくらいの時間になると、山から吹き下ろす風は思わず首をすぼめるほど冷たかった。

火枝《ひえだ》町。――山間《やまあい》の小さな町の、たった一軒のガソリンスタンドが、ここである。

三橋貞之は、三十一歳だが、大分頭の天辺《てっぺん》は薄くなり始めていた。ビールのせいでこの一、二年目立って腹が出始めている。

「お父ちゃん!」

五つになる正人《まさと》が駆けて来た。

「また転ぶぞ!」

と、三橋は怒鳴った。「すぐ泣くんだからな。気を付けて走れ」

「車だよ! 凄《すご》い車だよ!」

正人がピョンピョン飛びはねているのは、よほどのことかもしれない。

しかし、だからといってどうなんだ?

そんな「凄い車」は、こんなオンボロスタンドでガソリンを入れようなんて思わないだろう。

今は町の連中だって、国道まで出て、色々景品をつけたり、ビデオを置いたりしているガソリンスタンドを使っている。それに文句を言っても始まらない。

車がやって来た。凄い車が。

「ロールスロイスだ」

と、三橋は呟《つぶや》いた。「凄え車だ」

五歳の息子と同じことしか言えない我が身が、いささか情なくもあったが――。

それだけではなかった。ロールスロイスの後ろにワゴン車が二台、ついて来ている。

そして信じられないことに——ロールスロイスがこっち、こっちへ入って来たのである。

ドアが開いて、

「やあ」

「いらっしゃいませ！」

三橋の声はやや上ずっていた。

「満タンにしてくれ」

「はいはい！」

三橋はいつもの手順を間違えそうになった。

運転していたのは、三十そこそこ、三橋と同年輩のスマートな男だった。

後ろに乗っているのはどんな人だろう？　外からは、スモークガラスで中の様子はうかがい知れなかった。

「火枝村まで、あと何キロ？」

と、その若い男が訊《き》いた。

「火枝は……もう、ここも町外れですが、住所は火枝ですよ。『村』から『町』になってもう三年かな」

「そうか。それは知らなかった」

と、若い男は言った。

「町にご用で？」

「うん。町に住われる方の秘書をしているのでね」

これには三橋もびっくりした。

「町にお住いになるんですか？」

「まあね。――入れてくれ」

あまり話したくない、という様子をはっきり見せて、男は後ろのドアを開け、「もうじきだそうです」

と、中の誰かに言った。

「――ええ。今は『村』でなく、『町』だそうですよ。少し肌寒いですが、降りられますか？――分りました」

中の奴の声は三橋の耳まで届いて来なかった。

そうか。――あの屋敷に住むのか。

火枝町で一番広い屋敷が、この半年ほど、手を入れられ、改修され、すっかり見違えるようにきれいになっていた。

誰が住むんだ？

町の人間にとって、一番の関心はそこである。

有名な画家だとか、元大臣だとか、映画スターだとか、噂だけはほぼ週に一種類の割で泡のように浮んでは消えた。

その当人がやって来たのだ！

「——入りました」

と、三橋は言った。「他に何か——」

「結構だ」

男が一万円札を出した。

「じゃ、おつりを」

三橋が急いで家へ入ると、

「何なの、あの車？」

敏代が寄って来る。

「ほら、例の屋敷さ。あそこに住む人だ」

「へえ！　誰だって？」

「知らねえよ。——おい、つり銭ないか」

敏代は聞こえなかったふりをして、外へ出て行った。

車にもたれて立っていた男が敏代の方を見て、目が合った。敏代は頭を下げ、ロールスロイスの窓を眺めた。――中の様子は全く分らない。

道には、「お供」らしいワゴン車が二台。大した人がいるもんだ。

でも、どうしてこんな田舎町に住む気になったんだろう。私なら――と敏代は思った。私なら、東京に住むのに。

東京……。私だって、三橋と結婚しないで東京へ出ていたら……。私だって……。

「お待たせしました」

と、三橋がつり銭を持って来る。

「ああ。――それじゃ」

「またどうぞ」

三橋がペコペコ頭を下げている。

町の人がガソリンを入れに来ても、「ありがとう」一つ言うわけじゃないのに。少しは愛想良くしなさいよ、と言ってやっても、「俺はそういうことができねえんだ」と、いきがっているくせに。

敏代は、つい笑ってしまった。

ロールスロイスは静かに動き出した。いつエンジンがかかったのかと思うほどの滑らかさ。

敏代はため息をついた。あんな車に乗っている人もいるんだ。

すると——後部座席の窓がスッと下りて、一つの顔が覗《のぞ》いた。

車の中、しかも動き始めていたので、はっきり見えたわけではないが、白く浮んだ顔は、若い女のものだった。

そして、敏代はその女の目が自分を見ていると感じたのだ。もっとも、それはほんの二、三秒のことで、車は道へ出て、火枝町へと走り去ってしまったのだが。

「——大したもんだ！」

と、三橋が首を振って、「どこの誰だろうな？」

敏代は、ぼんやりと立っていて、

「おい、どうした？」

と、夫に訊かれてハッとした。

「ごめんなさい。ちょっと……」

敏代は、「正人！」

と、振り向いて呼んだ。

手を泥だらけにした正人が駆けてくる。

「もう！　またシャツに泥が飛んでるじゃないの」

敏代は顔をしかめて、「手を洗って！　あなた、私、夕食の用意してるから」

「ああ」

三橋は、少し迷っている様子だったが、「ちょっと——町へ行ってくる。何かいる物あるか？」

「明日でも、自分で買物に行くわ。今夜はありあわせで作るから」

「分った。じゃあ……」

「夕ご飯までに帰ってよ」

たぶんむだだろうと思いつつ、敏代は夫にそう言った。

夫が中古の車で町へ出かけていくのを、敏代はしばらく見送っていた。

もちろん、あの「ロールスロイスの主」が誰なのか、電機屋の木原や、町の連中としゃべりに行くのだ。

敏代は家の中へ戻りかけて、ふと足を止めた。

あの顔……。

ロールスロイスの窓から覗いたあの顔を、どこかで見たことがある。

敏代は確かに見たことがある、と思ったのだったが……。

2

年寄が苛々《いらいら》するのは、みっともないものである。

しかし、現実には、満ち足りておっとりと構えた年寄というのはほとんどいなくて、たいていは何もかもに苛立ち、不服そうな様子をしている。

「まだか！」

ここにも一人、苛立っている年寄がいる。

町長室に置かれたソファは「年代物」で、その肘《ひじ》かけは、いつも町長の笹山《ささやま》が苛々と指で叩くので、塗りがはげている、と評判である。

もっとも、はげているのは、ソファの肘かけだけではないが……。

「まあ、急いでも仕方ない」

と、時計を眺めたのは、客の老人。

今年六十一歳の笹山町長よりむしろ年上に見える関《せき》は、この火枝町の小学校長である。

はげている笹山と違って、関は白髪。見た目の貫禄《かんろく》も、笹山より関の方がずっと上である。

「朝から言っとるんですよ、調べとけ、って。それがどうして——」

と言いかけ、笹山はタバコに火を点《つ》けた。

「町役場は禁煙じゃないのかね」

と、関が愉快そうに言った。

「そうですよ。町長室は例外ですがね」

と、笹山は気持良さそうに煙を吐き出した。

「まあ、しかし誰が住むにせよ物好きとしか言えんな。こんな何もない町に」

「そう言わんで下さい、先生」

と、町長は渋い顔で、「金のない町で町長をやっとるのは辛いもんですぞ」

「それも、今度の屋敷の主が税金を納めてくれれば、大いに助かる、と」

「まあ、あまり期待していませんがね。期待が大きいと外れたときの失望も大きい」

ドアが開いて、

「失礼します」

と、いささか頼りなげな若者が入って来た。

「どうした？　何か分ったか」

と、笹山は秘書に訊いた。

「いえ、それが……。遅くなって申しわけありません。あの屋敷の持主が東京の不動産屋になっていまして、色々問合せてみたんですが、なかなか返事をもらえませんで――」

「説明はいい」

苛々と笹山は遮って、「結局どうだったんだ？」

「よく分りません。――買ったのは東京の会社だそうで、住むのが誰なのかは分らないと言うんです」

「何だ、要するに分らんのか。役に立たん奴《やつ》だ！」

「すみません」

秘書の香川《かがわ》は、二十六歳のヒョロリとした若者。強い風が吹いたら飛んで行きそうな、というのが冗談でも何でもない。

「まあ怒ることはない」

と、小学校長、関はなだめて、「誰が住もうと、我々と直接関係あるわけではないからな」

「それはそうですが――」

と、笹山が言いかけると、急にバタバタと足音がして、

「香川さん！」

と、女子職員が駆け込んで来た。「——あ、失礼しました！」

「校長先生の前で、無作法だぞ」

「はい。でも、あの——」

「どうしたの？」

と、香川が訊くと、

「そう！　表を見て！　表の通り！」

と、窓を指さす。

「どうしたんだい？」

「早く早く！」

と、窓の方へ香川を引張っていくこの若い女の子は、この役場の窓口にいる沢井順子《さわいじゅんこ》である。

「——町長！」

と、香川が甲高い声を上げた。「車です！」

「車ぐらい、この町だって通る。当り前だ」

と、笹山は不機嫌だ。

「ロールスロイスが、そう年中通りますか？」

「ロールスロイス？」

笹山は立ち上った。そして窓へと急いで近寄る。

三階の町長室から見下ろす町の唯一《ゆいいつ》の大通りを、今ロールスロイスがしずしずと（本当にそんな感じで）進んで行くところだった。

「——あれだな」

と、笹山は言った。

「後にも二台。ワゴン車がついてます」

「うむ……。ロールスロイスか。——いい車だな」

何を言っているのやら。

「どうやら、なかなかの相手らしいじゃないか」

と、関がいつの間にやらそばに来ている。

「先生、こりゃ、先手を打って挨拶《あいさつ》に行くべきですかな」

「そうだね。向うからわざわざ挨拶にゃ来てくれんだろう」

と、関は肯《うなず》いた。

「よし。善は急げだ。——香川！」

「はあ」

「車を出しとけ」

「はい。でも、町長——」

「何だ？」

「少し早過ぎませんか？」

「いいんだ！　こっちがそれだけ期待してるってことを強調するんだ」

それ以上は何も言わず、香川は沢井順子と町長室を出た。

「ごめんなさい。つい興奮して」

と、順子が小さく舌を出す。

二十一歳になったばかりの可愛《かわい》い子である。

「大丈夫だよ。しかし、町中の人があの屋敷のことでもちきりだろうな」

と、香川は言って、「あ、そうか」

と、指を鳴らした。

「どうしたの？」

「町長さ。要するに、他の人間が自分より先に例の住人に会うのがいやなんだ」

「あ、そうか。ありそうね」

「だろ？」

と、香川は笑った。「——車だ。じゃ、僕ももし会えたら、後で教えてあげるよ」

「ありがとう！」

順子は、役場の玄関へと急ぐ香川へ手を振った。


「お待ち下さい」

と、その男は笹山の名刺を手に、軽く会釈《えしやく》して、退《さ》がって行った。

笹山は、香川の方へそっと、

「玄関で帰されるかと思ったぞ」

と言った。

「でも、きちんと片付いていますね」

香川は感心していた。

確かに人手はあるのかもしれないが、それだけではここまで片付くまい。よほど用意周到な準備があったのだ。

「しかし、あの田ノ倉《たのくら》とかいう秘書も、さすがに落ちついたもんだな」

と、笹山は言った。

「それは……僕が『落ちついてない』ってことですか」

と、香川は訊《き》き返し——たかったが、やめておいた。

確かに、自分でも「優秀な秘書」とは言い難いと承知している。けれども、大体この小さな町に——というより、この町長に、そんな優秀な秘書が必要かどうか。

至っておとなしい香川だが、内心、それぐらいのことは考えているのである。

「この屋敷、いつから不動産屋のものになってたんですか」

と、香川は訊いた。

「うん？　ああ……。もう十年以上前だろう。お前、憶《おぼ》えてるか、ここにいた木原さんのことを」

「はあ。小学生でしたけど、確か入学式とか運動会とかにみえて、演説をしていらした記憶が……」

「そうそう。みんなの前で一席ぶつのが好きな人だった」

と、笹山は含み笑いをして、「町民の——いや、そのころは村民だったが、結婚式には必ず出席して、長話をしたもんだ」

「何となく憶えてます。子供心に退屈して困ったことを」

「飛ぶ鳥を落すと言われたんだが、落ち始めると、人間、アッという間だ」

と、笹山は首を振って、「ともあれ、この屋敷が荒れ放題になっていては、町の雰囲気にも係《かかわ》るからな。こうしてきれいになって、新しい住人を迎えるのは悪くない」

「はあ……」

香川は、はっきりしない口調で言った。

十五年前……。あの日のことを香川は憶えている。十一歳だったが、何があったのかは理解でき、そしてショックだった。

十五年たっても、香川はあの日の出来事を忘れない。それは十一歳の少年にとって、強烈な印象だった……。

ドアが開いて、反射的に笹山と香川は立ち上っていた。しかし――。

「お待たせしました」

と、その女は言った。「おかけ下さい、どうぞ」

「――は、どうも」

笹山は、どう見ても二十代にしか見えないその女を、呆気《あっけ》に取られて眺めながら、

「あの……町長の笹山と申します」

「わざわざ町長さんが？　恐れ入ります」

と、その女はソファに座って足を組むと、「私、田中美知子《たなかみちこ》と申します。今日からこ

こに住わせていただきます」

「はあ、それは……大変結構なことで。いや……大歓迎でございまして」

と、笹山も口ごもって、「あの……失礼なことを申すようですが……。ご主人様かお父様がご一緒に？」

「いいえ」

と、田中美知子は微笑《ほほえ》んで、「私一人では、住んではいけません？」

「と、とんでもない！」

と、笹山はあわてて首を振り、「ただ、とてもお若いので、少々びっくりしておりましただけで」

「父が遺産を遺《のこ》してくれましたので、こうして……」

「そうですか！　いや、それはめでたい——いや、それはお気の毒な」

と、言い直すと、相手は笑って、

「正直な方は好きですわ」

と言った。「私、昔から、こういう片田舎の小さな町で静かに暮すのが夢でしたの。それを叶《かな》えるのに、ふさわしい家が売りに出ているというので……。不動産屋さんの話を信じて任せてしまったんですけれど、想像通りのすてきな所ですわ」

「ここが、ですか」

と、笹山が思わず訊き返す。

女は、傍の香川を見て、

「そちらは？」

「やあ、失礼しまして。これは私の秘書で香川と申します。ご覧の通りのぼんやりした奴でして。何かご用がおありのときは、遠慮なくお申し付け下さい。――香川。――香川、何をぼんやりしてるんだ！」

つつかれてハッと我に返り、香川は、

「あの――どうも、いらっしゃいませ」

とやって、町長にどつかれた。

「よろしく」

と、美知子は会釈して、「早速で申しわけないのですけれど、お願いしたいことがあります」

「は……。僕でできることでしたら」

「難しいことをお願いするわけではありません。私もこの町に住むことになって、町の方々ともお知り合いになりたいと思っております。――そうですね、三日後の夜、この屋敷でパーティを開きたいのです」

「パーティ……ですか」

「ええ。町の方々をお招《よ》びして、ご挨拶もしたいのです。むろん、その費用は一切私が持ちます」

「それはまた……。ありがたいことです」

と、笹山が急いで言った。「この香川でお役に立つことがあれば、何でもおっしゃって下さい！」

「ぜひ、町の方々にお知らせして下さいな。一人でも多くの方に、ご参加いただきたいのです」

「かしこまりました」

と、香川は頭を下げ、「――失礼ですが」

「何でしょう」

「以前、どこかでお目にかかりませんでしたでしょうか」

田中美知子は、ちょっと眉《まゆ》を上げ、それから笑って、

「とてもオーソドックスな口説き方ですね。でも、残念ですがお目にかかったことはないと思いますわ」

「当り前だ」

と、笹山が香川をにらんで、「お前はこの町からほとんど出たこともないじゃないか！」

「はあ……」

「では、詳しいことはまたご連絡いたしますわ」

ごく自然に、笹山と香川も立ち上り、

「お邪魔しました！」

と、声を揃《そろ》えて言うことになった。

――香川の運転する車が笹山を乗せて走り去るのを見送って、田中美知子は――いや、田中美知子と名のった女は、居間へ入って行った。

「――聞いていて下さいました？」

「ええ」

と、田ノ倉が肯く。

「パーティにいくらぐらいかけられるでしょう？」

「充分にやれます。しかし――この屋敷に住むとなったら、維持費だけで相当なものですよ」

「よく承知しています。——田ノ倉さん、無理を言って申しわけありません」

「いや、れっきとしたアルバイトですから、これは」

と、田ノ倉がニヤリと笑った。「それで——どういう形式のパーティにするんですか？」

3

たまたま田ノ倉良介《りようすけ》が一人で食事をしていたこと。

それが、ことの起りだった。

田ノ倉は別に恋人に振られて一人侘《わび》しく食事をしていたわけではない。億万長者、宮《みや》島勉《じまつとむ》の下で秘書として働いていては、デートの約束すらままならず、結局、こんな風に一人で食事することが多くなる。

そして、田ノ倉がデザートを食べ始めたとき、少し離れたテーブルで、やはり一人で食事をとっていた女性が突然立ち上って、田ノ倉のテーブルへやって来た。そして向い合った椅子《いす》にストンと腰をおろすと、

「私、お金ないんです」

と言ったのである。

「え？」

田ノ倉が面食らったのも当然だろう。

「お金がないんです」

と言って、その女は伝票をテーブルに置いた。

「三千円と少し……ですか。つまり――」

「払って下さいません？」

顔はやや青ざめていると言ってもいいほど、白くほっそりとしている。美人である。

「払うのはいいですがね……」

と、田ノ倉は言った。

「ありがとう。助かります」

「いや、しかし……」

「分っています」

と、その女は言った。「どうぞ、どこへでも連れてって下さい」

田ノ倉は、その女がただ金を持ち合せていないというのではない、と思った。

体を売って、というのなら、稼いでから食べた方が、よほどおつりが来るだろう。

「何か飲みませんか」

と、田ノ倉は言った。

コーヒーを一緒に飲みながら、田ノ倉はしばらくその女を観察していた。

「お名前は？」

と、田ノ倉が訊く。

「仲田美鈴《なかたみすず》です」

「仲田さん。――どうですか。お金は欲しい？」

「ええ。もちろん」

「今、もし一億円あったらどうします？」

仲田美鈴というその女は、「馬鹿《ばか》げてる」とも言わずに、

「一億円……。そうですね」

と、考えて、「色々やりたいことはありますけど……」

「一番最初に何を？」

「ここの支払いをします」

田ノ倉は笑った。そして、仲田美鈴は続けて、

「その次に、故郷へ帰ります」

「ほう」

「追い出された故郷なんです。母と二人で」

と、ため息をついて、「一億円あったら……。宝くじでも売ってらっしゃるんですか」

ふしぎな、「諦《あきら》め」を感じさせる女だった。

妙な言い方かもしれないが、女には活《い》き活《い》きとしたところがない。年齢は、訊けば二十七だというのに。

「――分りました」

と、田ノ倉は自分のコーヒーを飲み干して、「一億円、さし上げます」

仲田美鈴は、初めて笑って、

「ここの食事代にしては、おつりが多すぎますね」

「本当の話です」

「というと？」

「僕の雇い主は、大富豪でしてね。家族がないので、お金を必要とする人を見付け、一億円をさし上げることにしています。その人選を、僕は任せられているんです」

「それで……私が？」

「そうです。一億円は、明日現金でお渡しします」

むろん、まだ半信半疑の様子で、

「で……私は何をすれば？」

「何の義務も負いません。使いみちをきちんと報告してもらうだけです。——どうします？」

女はじっと田ノ倉を見つめていたが、

「いただきますわ」

と答えた。「ここの支払い、明日まで貸して下さる？」


「それで？」

と、宮島勉は居間の暖炉の前に寛《くつろ》ぎながら、「またお前のセンチメンタルな話を聞かされるのか」

「いつ、僕がセンチメンタルになりました？」

と、田ノ倉は不服そうである。

「まあいい。お前の年齢で覚めていては却《かえ》って怖い。『あばたもえくぼ』って時期がなきゃ、結婚なんかできんしな」

「僕は独身ですが」

「それぐらい知っとる」

「先生は、若いころから覚めてらしたんですね？」

「私をからかうのか？　当てこすりか？」

「正直な感想です」

これくらいのことは平気で言える、ふしぎな雇い主と秘書なのである。

「まあいい。それで、その女——仲田美鈴といったか。金を受け取りに来たんだな」

「もちろんです」

と、田ノ倉はメモを取り出して、「しかし、びっくりしました」

「そりゃそうだろう」

「いえ、向うが、じゃありません。もちろん半信半疑ではあったようですが、何しろ僕が見るからに信頼できるからでしょう、ちゃんと、ボストンバッグまでさげて来ました」

「手回しのいいことだ」

「それだけじゃないんです」

と、田ノ倉はメモを見て、「——彼女、一億円受け取って、するべきことをズラッと並べて来たんですが……」

「――何かまずいことがあったのか？」

「僕としては別に。ただ、先生がしばらく不便されるだけで」

「私がどうして不便するんだ」

「項目の第一が、『田ノ倉さんを雇うこと』とあったもので」

宮島は、白髪をかき上げて、

「要するに、お前を囲っときたいんじゃないのか？」

「やめて下さい。そんなのは趣味じゃありません」

と、田ノ倉は顔をしかめた。「ただ、会社を作ったり、家を買ったり、色々と要領の分らないことをするのに、力を貸してくれる人がほしいというんです」

「故郷へ帰ると言ってたのは？」

「その故郷、火枝村の屋敷を一つ、買い取りたいのだそうで」

宮島は、初めて興味ありげな目で田ノ倉を見ると、

「どうやら、色々複雑なものがあるらしいな。――いいだろう。どうせなら、その火枝村までくっついて行って、この仲田美鈴という女が、一億円どうやって使うつもりか、見届けて来い」

「ありがとうございます」

「その女に雇われてる間は給料が出るんだろ？　なら、こっちは払わんでいいな」

と、宮島は澄まして言った。

「そんな――」

田ノ倉は、目をむいて、「先生の仕事の一つとして雇われるんです！　雇われるのも仕事の内です」

「そんな仕事があるか」

と、宮島は笑って、「ま、お前の話がどれくらい面白いかで決めよう」

「分りました。――この次は、自分に一億円やることにしますよ」

と、田ノ倉は言った。


とはいえ、田ノ倉も仲田美鈴の仕事にかかり切りというわけにいかなかった。

それでも、法人を作り、その名義で火枝村の屋敷を買い取って、修理改装をするために、三か月近くを要した。

ほとんどは図面と、任せた業者のとってくる写真で、話を進めた。

仲田美鈴は、自分では少しもぜいたくするでもなく、それまでのアパートにそのまま住んで、屋敷に置く細々《こまごま》した物を買い揃えたり、何の用事でか出歩いたりしていた。

——かなり広い屋敷とはいえ、田舎町のことで、値は土地付きで四千万ほどのものだった。

むしろ、外観、内装などの手入れにほとんど同じくらいかかってしまったのは、人が住んでいなかっただけ、傷《いた》みも早かったのだろう。


どんなに頭をひねって考え尽くしたつもりでも、落ちるものはあるもので、

「乾電池を」

と、小さな電機屋のガラス戸を開けて入って行った田ノ倉は、そこに集まっていた男たちの視線を一斉に浴びてギョッとした。

その中の見た顔が、

「ああ、先ほどは」

と、急に愛想笑いを見せて、「おい、木原、乾電池だってよ」

「はあ」

少しボーッとした感じの男が立ち上る。

「ええと……どの電池でしょう」

ああ、と田ノ倉も思い出し、

「ガソリンスタンドの」

「ええ、先ほどは。ロールスロイスにガソリンを入れるなんて、生れて初めてで、手が震えましたよ」

「――単三の電池を……二十個ほどいただいていくかな」

と、田ノ倉は言って、「お知り合いですか」

「こんな町です。みんな後ろ姿でも誰だか分ります。俺は三橋といいます。この電機屋は木原」

他にも三人の男が狭い店の奥に固まっていた。

「二十個ですね……」

「おい、木原。期限切れのやつなんか売りつけるなよ。いくらあの家に未練があっても」

「よしてくれ」

と、木原が顔を赤くする。

「木原さんというと……」

「ええ、あのお屋敷の前の持主はこいつの父親で。投機にしくじって、売り払ったんですよ」

「そうでしたか。――僕は田ノ倉といいます」

「女の方が住われるんですね。田中さんとおっしゃる」

「よくご存知ですね」

「町役場の香川から聞きました。何かパーティをやられるとか」

「お近付きのしるし、ということですよ」

と、田ノ倉は代金を払って、「領収証をいただけますか」

「ただいま」

木原の手ぎわは、いかにも悪い。商売などというもの、やりたくてやってるんじゃない、という気分がにじみ出ている。そこへ、

「――いつまでおしゃべりしてるの」

と、不機嫌そうな声がして、ガラッと奥の障子が開く。

集まっていた男たちが、反射的に腰を浮かした。よっぽど怖いのか、中にはあわてて出て行こうとする者もあり、

「母さん。――領収証って、どこだっけ？」

「左の引出しにないの？」

「左か。右かと思ってた」

「木原さんでいらっしゃいますね」

と、田ノ倉が自己紹介すると、

「――まあ、あそこを買われた……。そうですか。木原千鶴《ちづ》と申します」

もう六十代も後半だろうか、化粧が派手で、ちょっと印象はまともでない。

「息子の靖夫《やすお》でございますの。頭のいい子なんですけどね、運がなかったと申しますか、家があんなことになりましてね。主人も急に弱って死んでしまったものですから……。でも、本当はこの子はとても頭のいい子なんですよ」

と、まくし立てるようにしゃべって、「あの屋敷も、ずっと人が住まずにいたもので、どんどん傷んでしまって、胸を痛めていたんですよ。でも、とてもきれいに手入れをされて、喜んでいましたの。中もさぞかし手を加えられたんでしょうね」

「パーティにぜひおいで下さい。田中もぜひご挨拶《あいさつ》申し上げたく思っているでしょうから」

「まあ！　でも私なんかが……」

「いえいえ、町の方なら、どなたもご自由にというのが、田中の気持でございますので」

「そうですか？　じゃあ、ぜひ伺わせていただきますわ。靖夫、書けたの？」

「ハンコ、どこだっけ？」

とても「頭のいい子」とは、田ノ倉には思えなかった。


「来て下さるって。それは良かったわ」

と、仲田美鈴は言って、「あ、すみませんけど、そこの書類、出しておいて下さいません？」

「分りました」

田ノ倉は、封筒から書類を取り出して、

「ご存知だったんですね」

「え？」

と、美鈴が顔を上げる。

「木原のことです。この家の持主だった」

「ああ。――ええ、知っていました」

もう、深夜になっていた。

広い屋敷には、昼間は手伝いの人手が何人も来ていたが、今は田ノ倉と美鈴の二人。

「これでいいわ」

　と、美鈴は息をついて、「町の人たち、ほとんどやって来るでしょうね」

「おそらくね」

　と、田ノ倉は肯《うなず》いた。「こんな町です。大して楽しみもない。『変ったこと』なんて、それこそ何年に一度しか起らないでしょう」

「そうですね。でも……」

　と言いかけて、美鈴はふと、「田ノ倉さんにも、すっかり付合せてしまって。申しわけありませんでした」

「あなたは僕を雇ってるんですから。そんな心配は無用です」

「ありがとう……。本当に夢のよう。こんな風にここへ戻って来られるなんて」

　と、居間の中を見回して、「母は、決してこの部屋に入れませんでした」

　田ノ倉は黙っていた。あえて田ノ倉の方からは訊《き》かなかったことを、今やっと語り出そうとしている。

「出入りも裏口。玄関をきれいに磨き上げても、自分が使うことはなかったんです」

「ここで働いてらした？」

「父は職人でした。仕事でけがをして、ほとんど寝たきりになり、まだ十歳そこそこの私を抱えて、母はこのお屋敷で働き始めました。――木原景也《かげや》。そのとき、五十五、六だったでしょうか。村を事実上支配していた『大旦那』でした」

「つまり……」

「ご想像の通りです」

と、美鈴は言った。「木原は、まだ若くてきれいだった母に目をつけて……。とても逆らえるものではありませんでした。母は、木原に好きなようにもてあそばれていました」

美鈴は、少し間を置いて、

「こんな小さな村です。父の耳にもその話は伝わり、父は首を吊《つ》って死にました。——私が病気がちだったこともあって、母はそれでもここを出て行くこともできず、その後、二年間、村の人たちに後ろ指をさされつつ、暮していました」

「理屈に合いませんねえ。本当なら、木原の方こそ責められるべきでしょうに」

「私が小学校を出て、中学はこの村にありませんでしたから、母は思い切ってここを出て行こうとしました。木原は怒りました。怒って——」

玄関のドアを叩《たた》く音がした。

「出ましょう」

と、田ノ倉は言って、立った。

「町長秘書の香川です」

という声に、ドアを開けると、「――夜分に申しわけありません。町長から、パーティの席でぜひひと言ご挨拶させてほしいと……。こっちからお願いするのも妙なんですが、あの通りの人なので……」

と、困っている。

「ご心配なく」

と、美鈴が出て来た。「お願いするつもりでしたから、こちらも」

「助かります」

香川は頭を下げ、「じゃ、これで……」

と、行きかけたが……。

香川がゆっくり振り向くと、美鈴は、

「上って。――香川君」

「やっぱり！」

「ええ。あなた、よく憶《おぼ》えていてくれたわ」

「会ったとたんに、そう思ったんだ。あの美鈴ちゃんじゃないか、って。でも……」

「話したいことがあるの。――さ、上ってちょうだい」

「いいの？」

と、田ノ倉の方を気にしている。

「じゃ、僕はお先にやすみます」

田ノ倉は会釈《えしゃく》して、屋敷の奥の部屋へと退《さ》がったのだった。

4

お腹《なか》が一杯になれば眠くなる。

自然の法則を証明して、正人はもうぐっすり寝入ってしまっていた。

「本当にもう……」

三橋敏代は、夫の姿を捜したが、少なくとも目の届く範囲にはいない。といって、五つの男の子となれば、それもぐっすり眠り込んでしまうと体重が倍にもなったようで、とても抱いては帰れない。

車で来たというのに、夫は酒もビールもタダとあって、飲み放題。パーティの開始早々から酔っ払ってしまっていた。

「しょうがないんだから、本当に！」

と、ブツブツ言いつつ、ともかく正人はソファに寝かせておいて、

「ね、うちの人、見なかった？」

と、訊いて回っても一向に確答はない。

仕方ない。自分で捜そう。

廊下へ出て、敏代は改めてこの屋敷の広さに呆《あき》れる。

ここへ入るのは初めてのことである。

あの若い女――田中美知子といったかしら。誰かに似ているように思えてならないんだけど……。

でも、大したものだ。

町中の人々を招待して、たらふく食べ、かつ飲んでまだ余るほどの料理、酒。

一体、いくらかかっているのだろう？

敏代は、階段の所まで来て、ふと階段の途中に、ハンカチの落ちているのを見付けた。

あれ……。あの人のかしら。

どこにでもあるハンカチだが、しわくちゃになった、その様子が夫のものらしくも思えて、二階へ行ってるのかしら、と様子をうかがう。

半分は、好奇心のせいもあって、階段を上っていく。見とがめられたら、正人を連れ

て帰るので、と説明すればいいだろう。

二階へ上ると、どこからか声がする。笑い声は、どうやら町長だ。

開きかけたドアがあって、敏代はその中へ入って行った。

薄暗い部屋に、いびきのようなものが聞こえる。——まさか！　夫の？

手探りももどかしく、明りのスイッチを見付けて押すと、

「——まぶしいわ」

と、舌足らずな声。「あら……」

沢井順子が、ベッドの上で伸びをする。——ブラウスの前をはだけて、髪がクシャクシャになっていた。

「ね、奥さんよ。起きて」

順子が揺さぶって起こしたのは、間違いなく三橋で、ズボンは脱いでしまって、下半身パンツ一つのぶざまな格好《かっこう》。しかも上がワイシャツにネクタイまできちんとしめたままなので、余計にこっけいである。

「眠ってんだよ……。もう少しいいだろ……」

三橋が、手を伸して順子の胸を探る。

「こらこら！　早く目を覚まして」

「いいのよ」

と、敏代は言った。「放っといて。そんな人！」

妻の声はさすがに届くとみえ、少し間はあったが、三橋はガバと起き、

「敏代……。帰るのか？」

「あんたは泊ってけば！」

敏代は震える声で言うと、部屋を出た。

「おい、敏代！　待ってくれ！」

三橋が、ズボンをはこうとして転ぶ。

敏代は、階段の方へ駆けて行こうとして、ぐいと腕をつかまれ、ギョッとする。

「入って」

と囁《ささや》く声は——。

「あなた……」

「さあ、入って」

と、ドアを閉め、「私のこと、分った？」

「——美鈴。美鈴ね！」

「ええ」

「驚いた!」

敏代は、廊下を夫がドタドタ駆けて行くのを聞いていた。

「三橋君とは楽しくやってるようね」

「皮肉はよして」

「あら……。ね、敏代。昔の友だち同士じゃないの」

「美鈴……。どうしてこんなことを?」

「私は故郷へ帰って来たのよ。それだけのこと」

「嘘《うそ》! あなたはこの町を恨んでるはずだわ」

「もちろんよ。——恨まずにいられる?」

美鈴は息をついて、「ここで見ていて。私がどうして帰って来たか、分るわ」

ガラッと引戸を開けると、

「やあ、どうも!」

と、町長の笹山がワイングラスを上げた。

「旨《うま》いワインだ! いや、すばらしい」

十畳ほどの部屋のテーブルに、別にあつらえた料理が並んで、それを囲んでいるのは、
笹山と、小学校長の関、そして木原母子《おやこ》だった。

「あら、もう空ですね」

と、美鈴は赤ワインのボトルを取り上げて言った。

「申しわけない！」

と、関が笑って、「ともかく、あんまり旨いので、ついみんな争って飲んでしまいましたよ」

誰もが顔を真赤にしている。

美鈴は四人の顔を眺め回して、

「じゃ、みなさん、このワインをお飲みになったんですね」

と、念を押した。

「それがどうしました？　もう一本出てくるのかな？」

と、笹山が笑う。

「改めて、ご挨拶《あいさつ》します」

と、美鈴は言った。「お久しぶりです。十五年前、母と二人でこの町――いえ、村を出された、仲田美鈴です」

四人が、ポカンとして、それから互いに空耳ではないかと疑うように顔を見合せた。

「――美鈴か！」

と、木原靖夫が言った。「どこかで見たことがあると思ってた」

「あの子なの？　あの小さな、貧弱な女の子……」

「仲田君か」

「校長、これは……。じゃ、田中と名のっていたのは——」

「嘘ですわ、もちろん」

美鈴は、ワインのボトルを逆さにした。一滴のワインも落ちて来ない。

「次のボトルは、開けてもむだになりますわ」

と、美鈴は言った。「それまでに薬が回るでしょう」

「——何のことだね？」

「町長さん。このワインには毒薬が入れてあったんです。どなたから効き始めるか分りませんけど」

四人の顔から、ふしぎなほどの速さで赤みが消えていく。

「冗談はよしてくれ！」

と、木原が叫んだ。

「私、本気ですよ。——解毒剤を飲んで間に合うようにするには、あと……十分以内。お分りですか」

美鈴は、部屋を素早く出ると、戸を閉めて、ロックした。

「美鈴――」

「敏代。下へ行って、TVを見ていて」

「TV？」

「そう。早く」

敏代は、呆然《ぼうぜん》としながら、廊下へ出て、急いで一階へと下りて行った。

TV。TV……。

「――何だ、あれ？」

と、町の人たちが、もうTVに気付いている。

TVの画面には、戸を叩いたりウロウロと歩き回る町長たちの姿が映し出されていた。

「――開けろ！」

と、木原が怒鳴っている。

「胸が……気持悪いよ」

「母さん！」

木原千鶴がしゃがみ込んでしまい、靖夫があわてて駆け寄る。

「開けてくれ！」

と、笹山が怒鳴る。「美鈴君！　頼む！　君の誤解だ！」

「十五年前、母がここを辞めると言ったとき、あなたたちは何をしました？」

と、美鈴の声がした。

町の人たちの間から、

「仲田美鈴だ！」

と、声が上った。

「木原景也は、私の母が、捨てられるのでなく、自分から去ると言ったことが許せなくて、校長先生、あなたに言いつけて、私を誘い出したんです」

「仲田君……。それは……」

「そうでしょう？　私は校長先生から、『お母さんが木原さんのお屋敷へ来てくれと言っている』と聞かされて、ここへ来たんです」

「それは……」

「母はいませんでした。待っていたのは、木原景也と靖夫の父子《おやこ》二人。私は泣きました。十二歳だった私は。――靖夫さん。あなたが父親と一緒に何をしたか」

「俺のせいじゃない！　親父《おやじ》がやれと言ったんだ。本当だ……。母さん！」

千鶴が喘《あえ》いでいる。

「すまなかった！」

と、関が戸を叩《たた》いて、「な、謝る。確かに、君を騙《だま》したが、何のためか知らなかったんだ！」

「ふざけるな！」

と、靖夫が関へ食ってかかった。「親父から金をもらってたじゃないか！　知ってるぞ！」

「美鈴君」

と、笹山が汗を拭《ふ》きながら、「私は何もしていない。そうだろ？　君のお母さんに訊《き》いてくれ。私はできるだけ力になろうと——」

「母は死にました」

と、美鈴は言った。「死にぎわに話してくれました。私の行方が分らなくて半狂乱になっていた母に、『言うことを聞けば、無事に帰してやる』と言った、と……。否定するんですか？」

「それは……」

笹山は詰った。「だが……しなかったよ。私は何もしなかった！」

「私がこの家で何をされているか知っていて、止めなかったでしょう」

「木原に逆らうわけにいかなかったんだ!」

笹山はネクタイをむしり取って、「暑い! 美鈴君! 開けてくれ! 薬を——」

敏代は息を呑《の》んだ。——四人が苦しげに汗を拭き、ぐったりと座り込んでしまうのがTVに映っている。

敏代は急いで二階へ駆け上ると、

「——美鈴!」

と、叫んだ。「だめよ、美鈴!」

「何よ、びっくりした」

と、美鈴が顔を出す。

「人殺しなんて! いくら仕返しでも、殺しちゃいけないわ」

「誰が殺すの?」

「だって、ワインに薬が——」

「何も入ってないわ。みんな飲みすぎただけ」

美鈴は、微笑《ほほえ》んで、「そうそう。それと、この部屋に猛烈に暖房をきかせたの。そりゃ暑いでしょ」

美鈴は、ガラッと戸を開けた。ムッとする熱気が流れ出てくる。

「今度は冷房を入れる？」

と、美鈴は言った。

美鈴が一階へ下りて行くと、町の人々が何となくばつが悪そうにして、固まっている。

「——美鈴さん」

と言ったのは、香川だった。「みんな、謝りたいと言ってます。——噂《うわさ》で、色々なことを大人は知ってた。でも、相変らず町長も校長も、偉そうにしてた」

「今さら詫《わ》びてくれても、母は戻らないわ」

美鈴は町の人々を見回して、「取り返しのつかないこと、やり直しのきかないことが、世の中にはあるんです」

と言った。

「詫びていただく言葉を、母はもう聞くことができません。——一番辛《つら》く、惨《みじ》めな立場だった母を追い立てて恥じなかったことを、いつまでも忘れずにいて下さい」

美鈴がそう言うと、何となく町の人々は静かになり、やがて、一人、また一人と帰り始めた。

「——美鈴さん」

と、香川が言った。「三橋の奴《やつ》、早々に逃げ帰っちゃったよ」

「私たちを置いて？　ひどい！」

と、敏代が腹を立てている。

田ノ倉がやって来たのを見て、

「ご苦労様」

と、美鈴は言った。「どこかで居眠りしている人がいるようですけどね」

「捜して起こします」

と、田ノ倉は行きかけたが、「この匂《にお》い……。何だろう？」

廊下へ出て、田ノ倉はびっくりした。うっすらと煙が漂っている。

「どうしたの？」

「火事かもしれない。――みんな、早く外へ！」

田ノ倉は駆け出した。

庭へ出て振り向いた田ノ倉は、屋敷の二階の窓から炎がめらめらと這《は》い上っていくのを見て唖然《あぜん》とした。

「外へ出るんだ！　早く！」

と、思い切り怒鳴る。

町の人たちがあわてて外へ飛び出す。

田ノ倉は、

「早く出て下さい」

と、美鈴へ言った。

「でも、もし誰か残っていたら……」

「僕が調べます！　さあ、早く！」

と、押しやっておいて、廊下へ戻ると、もう煙が渦巻くようだ。

「――誰だ！」

咳込《せきこ》む音を聞いて、声をかけると、木原靖夫がよろけながらやって来た。

「母さんが……いないんです！」

「ともかく庭へ出て！」

「だけど――」

そこへ、香川が駆けて来た。

「見て下さい！　二階に……」

「どうした？」

「ともかく、早く庭へ出て見て下さい」

田ノ倉がまた庭へ出て、振り向くと、まだ火の回っていない窓辺に木原千鶴が立っていた。

「母さん！」

と、靖夫が叫んだ。「何してるんだ！」

「この家は私の家だよ！」

と、千鶴が叫んだ。「誰にも住まわせるもんか！」

「田ノ倉さん——」

と、美鈴が腕をつかむ。

「火をつけたんだ、きっと。もう、とても無理です」

みんながジリジリと後ずさる。

木造の屋敷は、信じられない速さで炎に包まれて行った。

冷たい風が吹きつけて、人々を震え上らせたが、同時に火の粉を巻き上げて燃える勢いに手を貸した。

まるで巨大な紙の家が燃えて行くようだ、と田ノ倉は思った。

屋敷は、やがて炎の中に崩れ落ちて行った……。

「ロールスロイスの賃借料……。これで、全部ですね」

と、美鈴はチェックをすませ、「じゃ、これから田ノ倉さんのお給料、日割りで取って下さい」

「分りました」

田ノ倉は、電卓を叩いて、「しかし、驚いたな」

と言った。

――東京へ戻って、十日間が過ぎていた。

火事の後始末などで、時間を取られたのである。

暖い午後。田ノ倉は、宮島の仕事の合間に、この喫茶店で美鈴と会っているのである。

「とんでもないことになりましたね」

「いや、そういう意味じゃないんです。確かに、屋敷が灰になるとは思ってもいなかったけど」

「気の毒なことをしましたわ、木原さんには。――でも、自分の意志であしたんですものね」

「そうですとも。あなたが責任を感じることはありません」

「実は、大して同情してませんの」

と、美鈴は笑って言った。

「僕が驚いたと言うのは——一億円を、こんなにきれいに使い切った人は初めてだということです」

「私、そういうことが好きですの。貧しいと、むだなお金は使えません」

「火事の後の費用、パーティ用品の補償……。全部引くと、ほとんどゼロ。——ま、あと五十万ほど残っていますが」

「良かったわ」

と、美鈴は言った。「実は、もう一つお願いがあるんです」

「何です？」

「その残りのお金で、私のお葬式を出して下さい」

田ノ倉は、冗談かと思って笑いかけた。しかし——。

「本当ですか」

「初めてお目にかかったとき、母と同じ、ガンだと言われ、あと半年だと言われていたんです。でも、あなたのおかげで、ずっと心に引っかかっていたことを、きれいにしてやれました」

「町長も校長も辞職したそうですよ。あの木原靖夫だけは……」

「あの人は母親なしじゃやっていけません。町長も校長も、肩書がなかったら、誰も大切にはしてくれない。――そのことが、何よりあの二人には応《こた》えるでしょう。最高の復《ふく》讐《しゅう》ですわ」

「これから……入院ですか」

「手続は昨日すませました。アパートを片付けておかないと、もう戻ることはないでしょうから」

「僕で何かお役に立てれば」

「ありがとう。アパートに残した物の処分を、お願いできます？」

「分りました」

と、田ノ倉は肯《うなず》いた。

「どうかよろしく」

と、美鈴は頭を下げ、「それじゃ、これで……」

なかなか立ち上らなかった。

テーブルの上で、美鈴の手を田ノ倉の手が包んで、しばらく動かなかった。

「――それじゃ」

パッと立ち上ると、「ここのコーヒー代、おごって下さる？」

と言った。

支払いをすませて外へ出ると、田ノ倉は、もう人々の間に消えていく美鈴の姿を目で追った。

そして——ふと目頭に熱いものが浮かび、宮島から「センチメンタル」と言われそうだと思った。

まあいい。そういう人間なのだから。

田ノ倉は、宮島の待っているビルへ向って、急いで歩き出した。

一、二の三、そして死

1

まずその一は、朝の通勤ラッシュの電車の中での出来事である。

「ちょっと！」

急に耳もとで女の金切り声が上り、北河《きたがわ》はギョッとした。

ウトウトしていたのだが、たとえぐっすり眠り込んでいたとしても、目が覚めただろう。といっても、ぐっすり眠るところまではいかなかったのだ。何しろ満員電車の中、北河は立っていたのだから。

ギュウギュウ詰めの車内では、適度に電車の揺れに身を任せ、フッと浅い眠りに落ちるくらいのことはできる。それもなかなか快適なものだ。

この朝も北河は、サラリーマン生活二十五年の経験を活《い》かして、巧みにウトウトしていたのである。そこへ、

「ちょっと！　何するのよ！」

という金切り声。

やれやれ……。大方、痴漢に触られたんだね。気の毒に。でも、どうしてあげることもできないね、僕にゃ。

大欠伸《おおあくび》しながら、北河が吊《つ》り広告の週刊誌の記事タイトルを眺めていると、急にギュッと手首をつかまれた。

何だ？　北河は目をパチクリさせた。

何しろ混んでいるので、手首をつかんだのが誰なのかよく分らない。

「――あなたですか、僕の手をつかんでるの？」

と、妙な質問をしなきゃならなかった。

「そうよ」

四十前後のその女性は険しい目つきで北河をにらんでいる。

「あの……どうかしたんですか？」

「とぼけるんじゃないわよ！　この痴漢！」

大声なので、周囲の乗客が一斉に北河の方を見る。

やっと分った。勘違いしているのだ。

「あのね、間違いですよ、あなたの」

と、北河は言った。「僕は痴漢なんかじゃありません」

「そりゃ、『僕は痴漢です』って認めるような人はいませんわ。でも確かです。私、ちゃんとどの手だったか、見届けたんですからね！」

こいつは困った、と思った。こういうタイプは「正しい」と思い込んだら厄介である。

「離して下さい」

北河は少し強引にその女の手を振り離そうとしたが、相手もしっかりとしがみついている。

「逃がさないわよ！　次の駅で駅員さんに引き渡してやる！」

女の叫び声は、ますますヒステリックになってくる。今や周囲の乗客は北河を痴漢だと信じて疑わない様子で、ジロリとにらみつけたり、いかにもわざとらしく背を向けたりしている。

北河は頬を紅潮させた。こんな所で降ろされたら、まともに行っても定刻ぎりぎりなのだ、遅刻は間違いない。

「いい加減にしてくれ！」

と、北河は怒鳴った。「僕は何もしてない！」

「開き直る気？　そうはいかないわよ」

女はますます頑《かたく》なに彼の腕をつかんでくる。

「――分ったよ」

と、北河は言った。「じゃ、降りてはっきりさせようじゃないか」

「ええ、そうしましょ。出る所へ出てね」

電車は駅のホームへ入るところだった。

「降ろして下さい！――ちょっと降ろして」

あまり乗降客のある駅ではない。混み合った客をかき分けて、北河とその女は戸口の方へ進んで行った。

電車が停り、扉が開いた。

「――さ、降りるのよ」

「分ってるよ」

女は両手で北河の腕を取ったまま、ホームへ出た。

「――駅員さん！――ちょっと！」

駅員がずっと離れたところにしかいないので、女は大声で呼んだが、発車のベルにかき消されてしまう。

北河はタイミングを測っていた。

「駅員さん、この人――」

と、女が右手を振る。

今だ！　発車の笛が鳴った。

北河は思い切り力をこめて女の手を振り離すと、閉りかけた扉へと飛び込んだ。女が喚《わめ》いたが、北河の背後でスルスルと扉が閉った。

電車が動き出し、北河はホッとした。振り向くと、ホームであの女が悔しそうに拳《こぶし》を振り回しているのが見えた。

ざま見ろ！

人違いだって言うのに。――ともかく、うまくしてやった、といい気分の北河だった。

だが――それで事は終らなかった。

いざ電車を降りて、小走りに階段を上って行くと、定期券を取り出そうとする手は、空《むな》しく何も入っていないポケットを探っていたのである。

その二は、会社での出来事。

「北河君」

と、課長の高井《たかい》が手招きした。

「はい」

北河は立ち上って、課長の後について行った。

課長の高井は三十九歳。もう五十になる北河より、一回り近くも若い。

「――座ってくれ」

と、空いた会議室に入ると、高井が言ってメガネを直した。

「何か……」

北河は、恐る恐る訊《き》いた。今朝の痴漢騒ぎで、すっかりくさっていたのである。今日はろくなことがない。

「あのね、来月の一日付で君、〈課長補佐〉だ」

「は?」

「辞令は明日出る。係長で、もう二十年だものな。社長がぜひにとおっしゃって」

「はあ……」

胸が熱くなった。――補佐になるということは、「次の課長」である。

もちろん、高井がずっと課長でいたら、北河は補佐のまま停年ということになるが、少なくとも、〈補佐〉にならなければ、〈課長〉にもなれない。

ほぼ諦《あきら》めかけていたので、北河は飛び上りたいほど嬉《うれ》しかった。今日ばかりは、いつも同僚との悪口の的になっているこの高井が、戦場のナイチンゲールの如《ごと》くに輝いて見えた。

と、これはまあ、ここで終れば結構な話だったのだが……。

その三。

「北河さん、おめでとう！」

お昼休みにあと数分、北河がさめたお茶を飲んでいると、後ろを通りかかった江並真《えなみまさ》子《こ》が声をかけた。

「え？」

「聞きましたよ。良かったですね」

「ああ、ありがとう」

昇進や異動のニュースは、隠しておいてもすぐに広まる。北河もこう言われて嬉しくないわけではなかった。

特に江並真子に言われると、喜びも格別だ。

「どうだい？　昼でも一緒に。おごるぜ」

と、大きく構えて言うと、

「わあ、良かった！　私もね、ちょっとお話があったんです」

と、真子は言った。

「あ、そう。それなら……」

「じゃ、お向いのビルの一番上の〈K〉で。いいですか？」

〈K〉は、北河などがランチを食べるには少々高級な店である。安くはない。しかし、ここで、「もう少し安い店」なんて言えやしない。

「いいとも。じゃ、向うでね」

と、財布の中身を思い出しながら笑顔で肯《うなず》く。

いや、カードが使えるだろうからな、あの店なら。——そう考えてひと安心する。

江並真子は二十八歳、短大出だから、もうベテランだが、小柄で可愛《かわい》い童顔なので、女子大生でも通用しそうだ。

五十ともなると、若い女の子とは話も合わず、会話など成立しないのが普通だが、どういうわけか真子はよく北河のそばへ来ておしゃべりしていく。実際、北河も彼女とは気をつかうことなくおしゃべりができた。

あと五分で昼休み。

　北河は、何となく胸をときめかせながら腕時計に目をやった。というのも——つい先週の、結婚退職する女性社員の送別会の後、成り行きで二人になった北河と江並真子は、少し酔っていたせいもあったにせよ、暗い夜道で抱き合い、熱く唇を重ねたのだった……。

　その先までは行かなかったものの、そのキスは北河を十代の少年のころのように燃え立たせたのだった。

　あれはほんの気紛れとか、遊び半分のキスじゃなかった。あの子は本気で俺に惚《ほ》れているのかもしれない。

　あの後、二人きりで話していないので、今誘われたとき、北河がドキドキしたのも当然というものだろう。

「おい、北河君」

と、高井が言った。

「はい、課長」

「午後、部長のところへ大事なお客があるらしいんだ。僕は外出しなきゃならないんでね。君、代りに出席してくれないか」

　もちろん！　何しろ〈課長補佐〉である。

「かしこまりました」

と、えらくていねいな言い方をして、課内に忍び笑いが広まったが、一向に気にならなかった。

そして——昼休みになると、北河はちゃんと上着を着て靴をはきかえ、向いのビルの〈K〉に急いだ。

レストランはゆったりとして空《す》いていたが、北河が心弾ませて待っていても、なかなか江並真子は現われない。

昼を食べるにしても、あまり遅くなると……。

二十分もして、やっと江並真子は現われた。

「ごめんなさい！　こんなに手間どると思わなくて」

実際に彼女の笑顔を目の前にすると、苛々《いらいら》も吹き飛んでしまう。

「いいさ。少し急いで出してもらおう。ランチでいいね？——君、ランチ、二つ」

と、ウエイターに声をかけると、

「あの——三つにして下さい」

「三つ？」

真子が入口の方へ目をやって、

「ちょっと、北河さんに紹介したい人がいるんです。――こっちよ」

北河は、何だかヒョロリと頼りなげな、風が吹いたら飛んで行ってしまいそうなその若者を、呆気《あっけ》にとられて眺めていた……。


会社へ戻ったのは、一時すれすれだった。

「おい、北河君」

と、高井課長に呼ばれ、

「すぐ仕度できます！」

本当は走って来たので、心臓が飛び出すかと思うほど苦しかった。

ともかく、部長の後について応接室へ入っても、まだ汗がふき出していたくらいだ。

しかし、この後、北河は冷汗をかくはめになった。

――「大切な客」は、確かに、見た目からして、北河の所の部長などとは貫禄《かんろく》が違っていた。

「宮島《みやじま》様には、いつもお変りなく」

と、部長がくり返し頭を下げているのを、北河は半ば呆《あき》れて見ていた。

その貫禄充分の宮島という老紳士に、三十前後の秘書がついて来ていた。田ノ倉《たのくら》という名で、北河にもていねいに名刺をくれた。

「──早速ですが、要点をかいつまんで」

と、宮島が、部長のつまらない雑談を遮った。

どうやら、宮島という人物、大変な金持らしく、部長は何とか「出資のお願い」をしているようだった。

傍で話を聞いていながら、北河の心は、昼休みのショックの方へ飛んでいた。

あの熱いキスは何だったんだ？

あれから一週間とたたない内に、若い男を連れて来て、

「フィアンセです」

だって？

「北河さんに仲人《なこうど》をお願いしたいんです」

と来た！

仲人……。〈課長補佐〉でもいいの？　そう皮肉っぽく訊いてやりたかった。

しかし、きっと真子は何も感じないだろう。ただ同じようにニコニコしているだけだろう……。

応接室の電話が鳴り出して、北河はびっくりした。

「早く出ろ」

と、部長ににらまれ、あわてて受話器を取る。

「――北河君か」

課長の高井だ。「失礼はないね」

「はい、大丈夫です」

と、話の邪魔にならないように小声で言う。

「――は？」

「聞こえなかったのか。昇進は取り消しだ」

北河は、絶句したまま。――高井は続けて、

「理由は、自分でも分ってるだろ」

「いえ……。どうしてです？」

「今朝の電車で何をしたか。わが社のベテラン社員が痴漢行為で訴えられるとはね。いいか、明日にでも辞表を出せ」

北河は愕然《がくぜん》とした。落とした定期を、あの女が拾ったのだ。

「課長、待って下さい、あれは全くの誤解なんです。私は何もしていないんです！」

必死で言った。

「言いわけは聞きたくない。本当かどうかなんて、どうでもいいんだ。ともかくお前が社員でいちゃ困るんだ。分ったな」

「そんな……。課長、待って下さい！　私は無実なんです！」

電話は切れていた。そして、部長が真赤になって、

「うるさいぞ！」

と、北河をにらみつけた。「宮島様のお耳障《みみざわ》りだ。出てけ。席に戻っていろ」

「申しわけ……ありません」

北河はフラリと立って、応接室を出ると、席へ戻った。

もう、みんな知っているのだろうか？

ゆっくり周りを見渡したが、誰も北河の方を見ようとしなかった。

机の電話が鳴り、出てみると、

「あ、江並です。先ほどはごちそうになってすみませんでした」

「ああ、いやなに……。なかなかいい青年じゃないか」

と、力ない声で言うと、

「あの――それで、ついさっき仲人をお願いしておいて申しわけないんですけど、ちょっと、あの……色々事情がありまして……」

「そりゃそうだよ。電車で痴漢なんかやる奴《やつ》に仲人は頼めないよな。〈課長補佐〉にもなれないし、それどころか、明日で辞めろと言われてる、『失業者』なんだからな」

「はい、あの――」

「そうか」

わざと大きな声を出していた。もちろん周りにも聞こえている。

「北河さん……」

と、真子が言った。「ごめんなさい。でも、私はあなたがそんなことする人じゃないって信じてます」

「ありがとう。お幸せに」

と、北河は言って、叩《たた》きつけるように受話器を置いた……。

2

「お前も変ったことを考える奴だな」

と、宮島勉《つとむ》は言った。

「雇い主に似ただけです」

田ノ倉はハンドルを握っている。「——じきですね。先生、ちゃんとトランクはありますね？」

「ああ」

宮島は肯いて、後部席の空いたスペースに置かれたトランクをポンと叩いた。「しかし、本当にあの男はやってないのか？」

「痴漢ですか？　確かではありませんが、当人がやってないと言ってます」

「おい……」

「それに、本当にやったのなら、あそこまで荒れないと思います。私の勘です」

「なるほど。そりゃあてになる」

宮島は、いささか皮肉っぽく言った。

宮島勉は身寄りのない大富豪である。唯一《ゆいいつ》お気に入りの秘書、田ノ倉良介《りようすけ》が、たいていいつもそばにいる。

「金の使い方」

に悩んでいた宮島と田ノ倉が共同で考えたゲームが、「一億円をプレゼントする」というものだった。

誰にやるかは田ノ倉が考える。一億円もらった方は、特に「どういう使い方をしろ」

と指定されるでもなく、好きにしていい。ただ、金をどう使ったかを報告することだけが唯一の義務だ。

二人がそんなことを始めたのも、

「突然大金が入ると、人間はどうするか」

に宮島が関心を持ったからで、まかり間違えば、その人間の一生をぶちこわしかねない。

そこは、若いくせに人を見る目のある田ノ倉の腕の見せどころというわけだ。

そして、夜遅く、田ノ倉はベンツを運転して、都心からたっぷり離れた郊外の新興住宅地の中を走っていた。

「確かこの辺なんですが……」

と、田ノ倉がベンツをゆっくり走らせて、左右の家を見ていくと——。

突然、何かが飛んで来て、車のフロントガラスに当って砕けた。

田ノ倉がびっくりして車を停めると、

「おい、危ないだろ！　やめろ！」

と、男が道へ転《ころが》るように出て来た。

「何よ、この変態！」

金切り声を上げて、女が後を追って飛び出してくる。

「——あの男だ」

と、田ノ倉は言って、クラクションを鳴らした。

「——見ろ！　こんな高そうな車に、お前の投げた皿が当ったじゃないか！」

「まあ！——どうしましょ。すみません、あの……」

田ノ倉は車を降りると、

「気を付けて下さい。車だから良かったが、誰かが歩いて通りかかっていたら、大けがするところだ」

「申しわけありません……。女房がカンシャクを起して。何しろ一度ヒステリーの発作を起すと、しばらく鎮火しないので」

「何よ！　ヒステリーを起させたのは誰なのよ！」

「まあまあ」

と、田ノ倉は割って入って、「こんな往来でケンカしているのでは、ご近所にタダで話題を提供しているようなもんですよ、北河さん」

「——私のことを？」

と、北河がけげんな顔で訊《き》き返す。

「今日、会社でお目にかかりましたよ」

田ノ倉のことをまじまじと見つめていた北河は、やっと思い出した様子で、

「ああ！　あの何とかいうお金持の秘書の方ですね！　いや、とんでもないところをお見せして……」

「奥さんですね？　ご主人の通勤電車でのことを――」

「もうつくづく愛想が尽きましたわ！」

と、またボルテージが上って、「みっともない！　痴漢だなんて！」

「だから俺は何もしてないと言ってるだろう！――妻の克子《かつこ》です」

「元、妻のって言って」

「何だと？」

「別れます。ご近所の方から何と言われるか！　住んじゃいられませんわ、こんな所に」

「まあ落ちついて下さい」

と、田ノ倉がなだめる。「ご主人の言い分も聞いてあげて下さい。その上で、私からもお話があるんです」

北河と妻は顔を見合せた。

ベンツの後ろのドアを開けて、田ノ倉は宮島へ、

「おいでになりますか」

と、声をかけた。

「いや、私はここにいる。これを持っていけ」

宮島は、直接この「ゲーム」に係《かかわ》らない。あくまで「観察者」である。それは、田ノ倉の「めがね違い」を笑ってやろうという気持でもあった。

「それでは」

田ノ倉は、トランクを取り出した。


「——でも、何もしてなきゃ、逃げなくても良かったんじゃないの」

居間の中は、まだ大分「嵐《あらし》のあと」を止《とど》めていた。

克子は、田ノ倉の身なりの立派なことと、ベンツに感銘を受けたようで、いそいそと紅茶などいれてくれた。

「だから言ったろう。あんなことに係り合ってたら、会社に遅れるところだったんだ」

と、北河は言った。

「でも、焦《あせ》ったせいでクビになってりゃ世話ないわ」

克子の方が、口は達者なようである。「どうするのよ？　明日、辞表を出せって言われてるんでしょ？」

「ああ……。しかし、どうしようがある？　課長はカンカンだ。俺の言い分なんか聞いちゃくれまい」

「じゃ、路頭に迷うの、私たち？」

「家はある。何か仕事を捜すさ」

「ここのローンだって残ってるのよ！」

「お待ち下さい」

と、田ノ倉は割って入り、「実はお話というのは――」

「ああ、そうでした。どんなご用でおみえになったんです？」

「いや、あのとき、電話の様子をそばで拝見していましてね。さぞ悔しいだろうと……」

「もちろんです」

「あなたを痴漢と決めつけた女、事実を確かめもせずにクビを宣告した課長、そして……。まあいい。あなたがやり返してやりたいと思う相手に、好きなことを言ってやってほしいと思いましてね」

「それは……。しかし、とりあえずこっちの生活というものが……」

「要は、そのためにも金がいる。そうでしょう。そこで私はそれをご提供しようというわけで」

「は？」

田ノ倉はトランクをテーブルにのせると、蓋《ふた》を開けて、

「一億円あります。これを差し上げます」

と言った。

北河と克子は、夢でも見ているのかと疑うように、トランクに詰った札束を眺めていた……。


「あなた……」

「うん」

「眠れない？」

「うん」

「大丈夫かしら、あのお金……」

北河は、手を伸してスタンドの明りを点《つ》けた。

「大丈夫かって、どういう意味だ？」

「どういう意味って言われても……。何となく心配なのよ」

「怪しい金じゃないかって言うのなら、あの田ノ倉さんと、雇い主の宮島さんは、うちの社で出資をお願いしてる人だ。心配ない」

「ええ……」

ベッドの中で、克子はしっかり肯《うなず》いた。「うちに置いといて大丈夫かってことなら、今夜はもう銀行が閉ってる。何しろ夜中の十二時過ぎだからな。預けるにしたって、明日の朝にならなきゃどうしようもない」

「そうね。――分ってるわ、それも。ただ心配なのは……」

「何だ？」

「あれって、夢じゃなかったわよね。トランク開けたら、全部葉っぱだったなんてこと……」

「田ノ倉さんがタヌキかキツネだとでも言うのか？」

と、北河は笑って、「――田ノ倉。タヌキ。何だか似てるな」

と、大真面目《おおまじめ》に言うと、北河はベッドを出て、部屋の明りを点けた。

克子もやって来て、二人してクローゼットの奥にしまい込んだトランクを引張り出し、

「——何だか、さっきより軽いみたいだ」

「あなた！」

「落ちつけ。——落ちつけ。もし、葉っぱになってたとしても、タヌキを恨むのはやめような。キツネに悪いからな」

と、わけの分らないことを言っている。

震える手がトランクの蓋を開ける。

一万円札の束は、無事に元のままトランクの中におさまっていた。——当然のことではあるが。

「あなた……」

「うん。——良かった」

北河は、克子としっかり手を取り合った。

「今夜は、眠るのをやめるぞ。どうせ眠れないんだ。こいつを見張りながら起きてる」

「そうね。私もそうするわ」

二人は、毛布をかぶって、じっとトランクの中の札束を見ながら、座っていた。

「——あなた」

「何だ？」

「どうせ起きてるんだから……」

北河と克子は顔を見合せた。

「――寒くないか？」

「毛布かぶってれば大丈夫よ」

と、克子はネグリジェを脱ぎながら言った。「でも――いつもトランクがどっちか一人には見えてるように気を付けましょうね」

「よし。じゃ明りを点けたままでいいな」

北河は久しぶりに妻を抱いたのだが、二人の視線は常に札束の方へ向いているという、妙な「愛のひととき」になったのである……。


「それで、お前の予想ではどうなると思うんだ？」

と、宮島は言った。

暖炉には本物の炎が輝いている。パチパチと木の弾《はじ》ける音。――その音と匂《にお》いが、宮島は好きなのである。

「さあ。しかし、一旦《いったん》舞い上って墜落した男がどうやり返すか、見守ってやろうと思うんですがね」

と、田ノ倉は言った。「あの出資の件はどうなさいます？」

「しばらく放っとけ」

と、宮島は首を振って、「その内、潰《つぶ》れるかもしれん」

「あの会社がですか？」

と、田ノ倉が目を丸くする。

「ま、気にするな。——少なくとも、あの一億円が夫婦の絆《きずな》になってくればいいがな」

田ノ倉は当惑して、

「あの夫婦——北河定治《さだはる》と克子のことですか？　うまく行ってないとでも？」

「お前も見ただろう」

「ええ、あの奥さんが皿を投げて大騒動になっているところは。でも——夫婦ゲンカのひどいのなら、仲のいい夫婦でもやるんじゃありませんか？」

「あの女房を見たろう。派手好きで、外見を気にするタイプだ。家の中では亭主に物を投げつけても、外では不仲の気配を隠して振舞うのが普通だ」

「というと……」

「ああも派手にやらかして、近所に、夫婦仲が悪いと宣伝しているようなものだ。あれは、わざとやっているように、私の目には見えたな」

「わざと……。どうしてそんなことを？」

「だから面白いんだ」

と、宮島は微笑《ほほえ》んだ。「お前はあの亭主の方に関心がある。私は女房の方に関心がある……」

「はあ……」

田ノ倉は、宮島の言っていることがよく理解できなかった。

夫婦の絆？――宮島自身だって独身なのである。

よく言うよ、と田ノ倉は心の中で呟《つぶや》いたが――。

「先生」

と、田ノ倉は言った。「どうして結婚されなかったんですか」

年中一緒に行動していても、田ノ倉が宮島に個人的なことを訊《き》くのは珍しい。

宮島は、チラッと田ノ倉を見たが、すぐには答えなかった。

「――すみません。妙なことをお訊きして」

「その内、答えてやる」

と、宮島は言った。「お前が結婚するときにな」

「ご親切に」

と、田ノ倉は笑って言った。

しかし――北河と克子の間は、そんなに不仲なのだろうか。

田ノ倉は気になっていた……。

3

「捕まえたわよ！」

と、女の甲高い叫び声が、電車の騒音に負けずに響き渡った。

それを聞いたとき、北河はゾッとした。

昨日の、あの「痴漢騒ぎ」を思い出さずにはいられない。幸い、今朝、北河の手はつかまれていなかったが。

しかし、似た声だな、と思った。

振り向くと、

「痴漢！　痴漢ですよ、この人！」

と、騒いでいる女性……。

北河は目を疑った。——昨日の女ではないか！

今朝は、どうせ辞表を出しに行くのだというので、いつもより二本遅い電車に乗っている。遅刻だが、構やしない。

あの金がある。——いささか情ないようではあるが、金があるということは、これほど人間を堂々とさせるのだ……。

それにしても、あの女にまた出会うとは、何という偶然！

「——逃がさないわよ！　次の駅で降りて、駅員に引き渡してやる！」

昨日と全く同じだ。

しかし、同じ女性が毎日そんな悪質な痴漢にあうものだろうか？

北河は、成り行きを見守っていた。もちろん、周囲の人たちもジロジロ見ている。

「——何とか言いなさいよ！」

と、女は食ってかかった。

相手は若い男で、ヒョロリと背が高く、無表情に相手を見ている。

「とぼけてもだめよ！　謝らせてやるから！」

と、女が続けると——。

「悪いけど、手が痛いわ。離していただけません？」

と、その若い男が言った。

その声。――髪を短く切っているので、男に見えたが、女なのである。

これには、言い立てた方の女も愕然《がくぜん》とした。

「あの……」

「私がどうしてあなたの体に触るわけ？　いい加減なことを言わないで下さい」

若い女は、穏やかだがきっぱりとした口調で言った。

周囲で笑い声が上った。

「私……でも本当に誰かが……」

真赤になった女は、「失礼しました。ちょっとした……ええ、勘違いなんです。そうなんです」

電車が駅のホームへ入っていくと、女は、

「ごめんなさい。――通して！」

と、扉へと必死で移動しようとする。

北河は、待ち構えていた。

女がすぐわきを通り抜けようとしたとき、その腕をギュッとつかんでやった。

「キャッ！」

と、悲鳴を上げて、「何するの！　痛いじゃありませんか！」

「突然、腕をつかまれたらどんなにびっくりするもんか、自分でも経験してみろよ」

と、北河が言うと、女はハッと息を呑《の》んだ。

「さあ、降りよう。駅員の前で改めてはっきり話をつけようじゃないか」

「あの……私、急ぐんです。また改めて――」

「だめだ。俺がどんな目に遭ったか分ってるのか？」

扉が開くと、「さあ、来い！」

と、北河は女を引張ってホームへと降り立ったのだった。


「――これがあなたの定期券ですね」

と、駅長が机の上に置く。

「そうです。いや、これでスッキリしました」

「とんだ災難でしたね」

と、駅長は言った。

駅長室の隅の椅子《いす》にうずくまるように座って、女は泣きじゃくっている。

北河の話を聞いて、駅長が昨日の事件のあった駅へ問い合せ、定期券を届けてもらったのである。

女は、今朝の電車での間違いがよほどショックだったのか、しらを切るでもなく、開き直る度胸もなく泣き出して、昨日のことも自分がわざとやったのだと認めたのである。

「しかし、大変でしたな」

と、駅長は北河の話に同情してくれて、「会社を辞めろとまで？——おい！　聞いてるのか？　人の一生をめちゃくちゃにするところだぞ」

と、叱《しか》りつけると、女は、

「すみません……」

と消え入りそうな声で言った。

「ともかく、会社の方へ連絡しましょう」

と、駅長は言ってくれたが、北河は複雑な気持だった。

もし、これで今まで通りに仕事ができ、〈課長補佐〉の肩書をつけてもらえるとしても、北河の言い分を聞こうともしなかった高井課長の下で働けるだろうか？

一旦、「初めからやり直す」決心をした北河にとっては、会社は何とも色あせてつまらない所に見えた。

「——それには及びません」

と、北河は立ち上って、「この女について来てもらいますよ」

女がギクリとして顔を上げる。

「――別に何をしろってわけじゃない。課長の前で、今の話をくり返してくればいいんだ」

と、北河は言った。

「でも……」

「おいおい、断れる立場か？」

と、駅長が言った。「この人はクビになるところだったんだぞ」

「はい……」

と、女はハンカチを出すと、涙を拭《ふ》いた。

「ちゃんと会社で、僕の上司に説明してくればいい。それでもう何も言わないから」

「分りました」

と、女は肩を落として、「あの――勤め先に、遅れると電話してもいいでしょうか」

「これでかけなさい」

と、駅長が自分の机の電話を指した。

「はい……」

女は少しためらっていたが、受話器を取った。「――もしもし。――あ、沼尻《ぬまじり》ですけど。安田《やすだ》先生、いらっしゃる？――もしもし、沼尻です。おはようございます。ちょっと、電車の中で気分が悪くなって。――ええ、申しわけありませんが、午後から行きます。クラスの朝のホームルーム、お願いします。それと、机の一番上の引き出しに、理科のテストの答案が入っていますので、ホームルームのとき、返してやって下さい。お願いします。――いいえ、大丈夫です。昼過ぎには行きます。それじゃ、よろしく……」

北河は、受話器を置く女を、呆気《あっけ》にとられて眺めていた……。

「小学校？」

「――はい」

沼尻恵美子《えみこ》というのが、女の名前だった。

北河は、彼女を連れて電車に乗り、会社へ向っていた。

もう十一時近い。むろん、北河が出社しなくても、誰もふしぎには思わないだろうが。

「先生か。――驚いたな」

と、北河は首を振って、「ま、先生だって人間だけどな」

「お子様は？」

と、沼尻恵美子が訊く。

「いない。あんたは？」

「私……独身です」

「ふーん」

「でも……独身の女がみんなこんな風におかしくなるなんて思わないで下さいね。私だけです。私だけなんです……」

と、声を途切らせ、顔を細かく震わせている。

もうひと言何か言ったら泣き出しそうだ。

「分った、分った」

と、北河は急いで言った。「別に先生だからどうとか言う気はないよ」

何だか、これじゃ俺がこの女をいじめてるみたいだな。——とんでもない話だ！

腹は立ったが、そこはやはり「一億円の余裕」か、この女も、何か事情があってこんなことになったんだろうな、などと考えていた……。

「——空《す》いてるな。ちょっとラッシュアワーを外すと」

二人はゆったりと座っていたのだが、それでも車内は空席が目立った。

「会社を……お辞めになるんですか」

と、沼尻恵美子は訊いた。

「うん、そのつもりだ。でも、あんただけのせいじゃない。ま、色々あってね」

「奥様がお怒りになりません？」

「そんなこと、あんたが心配しなくてもいいよ。——ここで降りるんだ」

「はい」

沼尻恵美子は、おとなしくついて来た。

——会社へ入って、すぐに北河は何だか雰囲気がおかしい、と感じた。

「——どうかしたんですか？」

「分らないが……。何だか変だ」

受付の女の子がオロオロしている。別に北河のせいというのでもない。

「——おい、井上《いのうえ》君」

「あ、北河さん！」

と、受付の子は目を丸くして、「出社されたんですか」

「今来たんだ。何かあったの？」

「もう十分早く来たら、面白かったですよ！」

と、あわてつつも楽しんでいる。

「面白かったって？」

「ヤクザが来たの！　借金の取り立てに！」

「ヤクザ？」

北河もびっくりした。

「ズカズカ奥まで入ってってね。『てめえ、金を借りっ放しで、人の道が通ると思ってんのか』ですって。ヤクザが『人の道』って、変ですよね」

と笑って、「でも、ああやって脅すのって初めて聞いちゃった！　やっぱ、凄《すご》い迫力ですね！」

北河は、後ろに離れて立っている沼尻恵美子の方を、チラッと振り向いた。そんな状況じゃ、高井課長も、俺のことなんかに割く時間はないかもしれないな。

「高井課長、今いるかい？」

と、受付の子に訊くと、

「課長ですか？　だから、それどころじゃないですよ。ヤクザが来たの、高井課長の所なんだもの」

――呆気に取られている北河を置いて、受付の子は奥へ行ってしまった。

課長が？――借金。

「——大変ですね」

おずおずと沼尻恵美子が近寄って来た。

「うん……」

「その方にお話しするはずだったんでしょ？」

「そう……。そうなんだ」

「どうします？」

北河だって、どうしていいか分らない。

「待ってくれ。ともかく少し待ってくれ。事態がもう少しはっきり分るまで。いいかい？」

「はい」

と、沼尻恵美子は肯《うなず》いて、受付のわきに置かれている椅子を見ると、「——あそこで待っています」

「うん、そうしてくれ」

北河は、会社の中へ入って行った。

当然、北河の課は仕事にならない様子で、みんなヒソヒソ話をしている。

「北河さん！　来たんですか。聞きました？」

「うん……。課長は？」

「今、重役室へ呼ばれてます。きっと、汗タラタラですよ」

北河は自分の席についた。

「――課長、サラ金絡《がら》みで、四、五千万も借りてたらしいですよ」

「原因は女だとか、バクチだとか……。結構派手でしたもんね、遊び方」

口々に出る悪口は、北河を苛立《いらだ》たせた。

考えてみれば妙だ。高井にはあんなに冷たい仕打をされたのだから、北河は笑ってやってもいいのである。

しかし、どうしても「ざまみろ」と言ってやる気にはなれない。

自分より一回りも若くて課長になった高井は、それなりに優秀ではあった。他の課の課長たちも、ずっと若い高井に一目置いていた。

北河は、そんな高井のことを、部下として自慢にも思っていたのである。

個人的な感情としては、色々屈折したものもあるが、何といっても高井は「切れる男」だったのだ。その点は北河も素直に認めていた。

高井はもてる男でもあった。北河の妻の克子も、一度会社の行事で高井を見て、

「すてきね！」

と、言っていたくらいである。
女に金を注ぎ込んだのだとしても、北河は笑う気になれなかった。
俺がそんな真似《まね》をしないのは、単に「もてない」からかもしれない。
北河は引出しを開けて、仕事を始めた。
他の課員が、互いに小声でおしゃべりしているのを尻目《しりめ》に、北河は電話に手を伸した
……。

4

昼休みのチャイムが鳴っても、高井は席に戻らなかった。

みんなゾロゾロと立って食事に行く。むろん、今日の昼の話題は決り、である。

北河は、立ち上ったものの、席から離れる気になれず、何となく重役室の方の気配をうかがっていた。

すると、ドアが開いて部長と何人かの重役が渋い顔で出て来た。

もちろん、声をかけるなんてことはできない。——高井は出て来なかった。どうしたのだろう?

何だか気になって、北河は重役室の方へと歩いて行った。ドアが少し開いていて、そっと覗《のぞ》くと、高井が電話をかけている。

戻ろうとして、ドアに触った。かすかにドアがきしんで、高井が振り向くと、北河を見てびっくりした様子で、電話を切ってしまった。

「北河君……」

「すみません、お邪魔して」

と、北河は言った。「あの……」

「昨日は、悪いことを言った。すまん」

と、高井は頭を下げた。

「課長――」

「人のことなんか言えた身じゃないんだ」

「あの……大変ですね」

他に言いようがない。

「自業自得《じごう》だよ」

と、高井は言った。

一気に十歳も老《ふ》けて見えた。――重役たちに何を言われたか、見当がつく。

「借金、凄い額なんですか」

と、北河は訊いた。

「まあね。——まだ何とかなる、と思っている内に何千万にもなっちまった。家も抵当に入ってるし、どうしようもないよ」

引きつった笑い。「——俺がいなくなったら、君に頑張ってもらわないと。辞表は出さないでくれ」

「課長……」

高井は、北河の肩を叩《たた》いて、

「昼飯にしよう」

と言って、重役室を出て行った。

北河は、しばらく一人で残っていたが、出ようとして、ふと高井が使っていた電話の方を振り返って見た。

さっき、高井は北河を見てなぜか急に電話を切ってしまった。どうしてだろう？

北河は、外線用のその電話へ歩み寄り、受話器を取ると、〈リダイヤル〉のボタンを押した。さっき高井のかけていた所へかかるはずだ。

ルルル、と呼出音が鳴ると、すぐに相手が出た。

「もしもし?――どうしたの? 急に切るから、びっくりして――。もしもし?」

北河は、ゆっくりと受話器を戻した。

「もしもし?――聞こえる?」

という声が、切れる寸前に洩《も》れて来た。

聞こえてるとも。もちろんさ。

北河は、今の声が間違いなく克子のものだと――自分の女房のものだと分っていた。

だが、何と言おう?

ともかく、電話を切ると、北河は半ば夢でも見ている気分で、自分の席へと戻って行ったのである……。


高井は、喫茶店の奥にポツンと一人で座っていた。

こんなときは、いつもと違う店に入ればいいのに、同じ会社の人間が何人もいるこの店に来てしまうのが、勤め人の哀《かな》しさだろうか。

北河は、高井を見付けると、テーブルの間を抜けて歩いて行った。チラチラと自分の方へ向けられる目を感じた。

「課長」

と、北河は声をかけた。「よろしいですか」

高井はふしぎそうに北河を見上げて、

「ああ。——もちろんいいよ。だけど、あんまり僕と一緒にいない方がいいぜ」

北河は椅子《いす》を引いてかけると、

「お宅の方は——奥様やお子さんはどうなさってるんです？」

と訊いた。

ウエイトレスが来たので、

「コーヒー」

と、オーダーしておいて、店の中を見回す。

昨日までは、高井のそばに必ず数人の社員が集まっていたものだ。それが今日は近くのテーブルさえ敬遠している。

「女房は子供を連れて、もう出て行った」

と、高井は言った。「十日前だ。ヤクザが自宅へ押しかけてね。夜中に大声を張り上げて近所中が起きてしまった。女房はその翌日、出て行った」

「そうですか……」

「いつか、会社へ来るってことは分ってたんだ。といって、どうしようもなかった。君に当ったのも、その苛々のせいかもしれない。悪かった」

「いえ……。あ、そうだ、忘れてた」

「何だい？」

「実は、僕が痴漢じゃないって証言してくれる女性を連れて来たんですが……。受付にいなかったな」

きっと、これ幸いと帰ってしまったのだろう。

「もういいさ。君が嘘《うそ》をついてるとは思わないよ」

と、高井は笑った。

コーヒーが来て、北河はブラックのまま一口飲むと、苦くて顔をしかめた。

「――飲めたもんじゃないな。課長、もしその借金が返せたら、会社にいられるんですか」

「『課長』と呼ぶなよ。もう今ごろは肩書が外れてるさ」

と、肩をすくめ、「借金を返せたら？　無理な話だよ。五千万以上あるんだ。どう頑張ったところで、返せやしない」

「でも、うちの課は課長がいなくなったら困ります」

「何とかなるさ。それに――たぶん君が課長になる。しっかりやれよ」

北河は、苦いコーヒーにクリームと砂糖を沢山入れて、かき混ぜた。

「——コーヒーが苦けりゃ、クリームと砂糖で飲めるようになります。でも、仕事はそうはいきません。僕に課長はとても無理です」

「北河君……」

高井はじっと北河を見つめて、「僕は……君に恨まれていると思ってた」

「恨んでまではいませんが、嫌っています。でも、仕事の能力は別です。やっぱり課長は凄い人です。特に、この十日間、お宅がそんなことになっているのに、平然と働いておられたんですから」

「ありがとう」

高井は少し声を詰らせた。「——君の言葉は忘れないよ。しかし——早く会社を辞めないと、僕の身に何かあったとき、会社の名が出てしまう……」

「何か、って？」

「つまり、相手はまともな連中じゃない。こっちが返せるだけ返して、もう何もないと分ったら……」

「——殺される？」

「もしかしたらね」

北河は首を振って、

「そんなんで死んじゃだめです。つまらないことですよ」

「死にたかないがね、僕だって」

と、高井は苦笑した。「——さ、もう一時だ。机とロッカーの中ぐらい、きれいにしとかんとね」

二人は、喫茶店を出て、社へと戻って行った。

間の悪いことに、エレベーターで部長と一緒になってしまった。

部長は、高井をわざと無視している。上っていくエレベーターの中で、北河は軽く咳《せき》払《ばら》いすると、

「部長」

と言った。「課長をクビにするんですか？」

「何のことだ」

「北河君、よせ」

と、高井がつつく。

「借金を返せばいいんですか？」

「北河君——」

エレベーターの扉が開くと、部長はさっさと行ってしまった。

「北河君。——君まで嫌われるぞ」

「好かれたいとも思いませんが——」

と、言いかけて、北河はびっくりした。

受付のわきの椅子に、あの沼尻恵美子が座っていたのである。

「まだいたのか」

「ごめんなさい。今日は行けないって、電話をしに行ってたんです」

と、沼尻恵美子は立ち上って言った。

「ずっと待ってたのか……」

北河は少しぼんやりと突っ立っていたが、「——あ、こちらが課長の高井さん」

と、急いで紹介した。

「こちらが沼尻先生です」

「は、どうも」

高井が、わけの分らない様子で会釈《えしやく》をした。

「——そうでしたか」

高井は、沼尻恵美子の話を聞いて、肯《うなず》いた。

「本当に、ご迷惑をおかけして」

空いた会議室で、北河と高井が、沼尻恵美子の説明を聞いたところだった。

「よく分りました。上司にも、あなたの話を伝えて、北河君への誤解をといておきましょう」

「よろしくお願いします」

と、沼尻恵美子は頭を下げた。

「しかし……どうしてそんなことを?」

と、高井は訊《き》いて、「いや、話したくなければ無理に――」

「私、妻子のある男の人に恋をして……」

と、沼尻恵美子は言った。「同じ教師で、大先輩だったんですけど。結局、十年以上も、愛人のままでした。二回、中絶して、その都度別れようと思うんですけど、そうすると彼の方は惜しくなるらしくて、力ずくで私の体を……。そのまま、またズルズルと続いていました。でも――結局、二年前にその人に孫ができて、私もやっと諦《あきら》めたんです」

「そんなに長く……」

「男なんて、結局、女の体だけが目当てなんだって……。そう思い知らされると、何か仕返ししてやりたくなったんです。男なら誰でもいい。どうせ誰だって同じことだ、と思って……」

「それで痴漢騒ぎを。——そうですか」

と、高井は肯いた。「しかし、男ならみんな同じってわけじゃありませんよ」

沼尻恵美子は、そっと涙を拭《ぬぐ》った。

会議室のドアが開いて、受付の子が顔を出した。

「北河さん。奥様がおみえです」

「ありがとう！——課長、ここにいて下さい」

北河は急いで受付へと駆けて行った。

「——克子、持ってきたか」

「急に言って来て。どういうこと？」

克子は、トランクをさげていた。

「俺が持つ」

「どこへ持ってくの？　銀行へ行くんじゃないの？　ねえ！」

克子はあわてて夫の後をついて行った。

会議室へ入ると、克子はギクリとして足を止めた。高井がいたからだ。

「課長、この金で、借金を返して下さい」

北河がトランクを机の上にのせると、蓋《ふた》を開けた。——詰った札束に、高井が唖然《あぜん》として、

「これは……」

「プレゼントなんです。一億あります。ここから何千万でも、必要なだけ、取って下さい」

「——あなた！」

と、克子が仰天して、「何を言い出すの？」

「いいじゃないか。課長はお前にとっても大切な人なんだろ」

克子が青ざめた。高井はじっと北河を見つめて、

「知ってたのか」

と言った。「怒らないのか。どうして僕を助けようとする？」

「怒ってますとも」

と、北河は言った。「一発ぶん殴ってやりたいですよ。でも、仕事の場では別です。あなたは優秀だ」

「君は……」

と言いかけて、高井は絶句した。

「いやよ！」

と、克子が叫んだ。

そしてトランクへ飛びつくと、蓋をバタンと閉じ、かかえ込むようにして、

「一円だってやるもんですか！ これは私たちがもらったのよ！」

「克子。どうせ、もともと俺たちにはなかった金だ。そう思えばいいじゃないか。課長が全部使っちまうわけじゃない。半分くらいは残るんだ」

「とんでもないわ！ 五十万円だって、五万円だっていやよ！」

「克子、しかしお前――」

「高井さんと遊んだわ、ええ、それはそうよ。でも、借金でヤクザに追いかけられてるような人を、どうして助けてやらなくちゃならないの？ 冗談じゃない！ 私はいやよ！」

克子は高井と夫とを交互ににらんで、

「これは私のものよ！ あなたと別れて、私一人でこれをいただいてくわ！ 他に何もいらないわ」

と、食ってかかった。

そして、トランクを手にさげると、会議室を出て行った。

「待て！　克子！」

と、北河が追いかけようとすると、

「いいんだ」

と、高井が止めた。「当然だよ。僕のために、そんな金を使う義理はない」

「しかし……。克子！」

北河は駆け出すと、重いトランクを持っているので急ぐことのできずにいる克子へ追いついた。

「待てよ！　あの人を助けてあげてもいいじゃないか！」

「とんでもないわ！　私のお金に触らないで！」

と、克子は北河の手を振り払った。

「お前の金？」

「そうよ！　今まで我慢して来たんだから、あなたとの退屈な暮しを！　やっと幸運が舞い込んだのよ。これを逃してなるもんですか！」

克子の大声に、社員たちが覗《のぞ》きに来ている。

「そうか」

と、北河は息をついた。「じゃ、本当に出て行くんだな」

「そうよ」

と、克子は夫をにらみつける。

そのとき、

「北河さん！」

と、会議室の方から声がした。

沼尻恵美子が廊下へ出て、

「大変……。あの——課長さんが——」

北河は駆け戻った。

「——窓が開くなんて思わなかったんです」

と、沼尻恵美子は言った。「だから、窓の方へ行かれても、気にしなかったんですけど……」

広い窓の一つが、〈非常出口〉になっていて、そのロックを外し、高井は窓を開けたのだった。そして、今、高井の姿はなかった。

北河は、窓から遥《はる》か下の路上を見下ろした。

高井がうつ伏せに倒れ、人が何人か集まっているのが分る。

振り向くと、克子がドアの所に立っている。

「——課長は下だ」

「私のせいじゃないわ！　借金した自分が悪いのよ！」

と、克子は言い返した。

北河は大股《おおまた》に克子へ歩み寄ると、トランクを引ったくって、克子を突き飛ばした。

「何するのよ！」

尻《しり》もちをついた克子が叫ぶ。

北河はドアを閉めると、中からロックした。沼尻恵美子が呆然《ぼうぜん》として突っ立っている。

「——あれが妻だ。何十年も暮して来て、その挙句が、これだ」

北河は、トランクを机の上に置き、蓋を開けた。そして、

「沼尻先生」

と言った。

「何でしょう」

「手伝って下さい」

「何をすれば？」

北河は、トランクの中の百万円の束を一つ取り出すと、その帯を破った。

「札束の帯をこうやって切って、渡して下さい」

北河は、開いた窓の方へ歩み寄ると、手にした百枚の一万円札を、宙へ投げた。

それは一気に風に舞って広がりながら、ゆっくり地上へと降って行く。

「次を」

沼尻恵美子は、帯を切った百万円の束を北河へ渡した。

「――次を」

「はい」

「次を」

地上では、たちまち人が群がり、車が停って大騒ぎになりつつあった。

「あなた！」

会議室のドアを叩《たた》いて、克子が叫んでいた。「何をしてるの？――あなた！――あなた！」

「次を」

と、北河はくり返した……。

「それで『一億円使った』と言えるのか？」

と、宮島が呆《あき》れたように言った。

「一億円丸々じゃありません」

と、田ノ倉は、車を運転しながら言った。「さすがに、社員の何人かが、会議室のドアを開けて、北河を止めたんです。でも、約三分の二、六千万円余りがバラまかれました」

「通りかかった人間はラッキーだった、というわけか」

「でも、面白いんです。必死に拾って、二十枚近く拾い集めた人が、交番へ届け出たそうで」

「色々だな」

と、宮島は首を振って、「残りの金は？」

「返すと言われましたが、それはできないと言いました。死んだ高井の遺族に渡すと言っていましたが」

「すると、あの夫婦はどうした？」

「それがふしぎなもので、金がなくなると、別れもせずにまたいつもの暮しを始めたらしいですよ。――北河は課長になりました。そして、沼尻恵美子は、もう男に仕返しするのはやめたそうです」

「それは結構」

と、宮島は肯いて、「みんな自分一人の乏しい経験だけで人を見る。——他にも男は色々いると知るだけで、女は変るものだ」

「そうですね」

車は、明るい午後の日射《ひざ》しの中、別荘への道を走っていた。別荘といっても、今はパソコンでつながっていて、オフィスと変らず仕事ができる。

「——どうしますか」

と、田ノ倉が言った。「北河が、ぜひ先生に出資をお願いしたいと言って来てます」

「課長になったとたん、それか」

宮島は顔をしかめて、「人はすぐ変る生きものだな」

と、ため息をついたのだった。

仰げば尊し

1

きっと、興奮と緊張で眠れないだろう。

——そう思っていたのに、ハッと目を覚ましたとき、妙子《たえこ》は突然の恐怖に襲われたのだった。

寝坊しちゃった！　どうしよう、よりによって、こんな大切な日に！

病室へ射し込む日射《ひざ》しは、真昼のように明るく、起きるはずだった午前七時のものではない。——やっぱり嘘《うそ》だったんだ。

ただ、私に「だめだ」と言えないせいで、みんな嘘をついていたんだ……。

妙子は、そう考えると、もう涙が溢《あふ》れて来てしまった。どうせ無理だったんだ。私には、何も許されないんだ……。

胸が痛い。——ああ、もうこのまま死んでしまいたい！

妙子がそう思ったとき、病室のドアが開いて、妙子は反射的に目をこすっていた。

「あら、起きてたの？」

と、母、伸子《のぶこ》の明るい声がして、「もう起そうと思って。やっぱりちゃんと自分で起きたわね！」

「今――何時？」

「え？　起きたら時計ぐらい見るもんよ。七時五分前。目覚し、止めときましょ。他の患者さんにご迷惑だから」

「――七時なの、まだ？」

と、妙子はまだ半信半疑。「凄《すご》く明るい」

「そうよ！　このお天気。ほら、もうまぶしいくらいの青空！」

妙子が窓の方へ顔を向けると、窓の隅の方に、他の病棟の角に切り取られた、濃い海の色のような空が覗《のぞ》いていた。

「じゃあ……行けるね」

と、妙子はもう心臓をドキドキさせながら言った。

「そのために起きたんでしょ。――さ、きちんと顔を洗って、髪もきれいにして、恥ずかしくない格好《かっこう》で出るのよ」

妙子は、大きく息をして、

「うん！」

と、力強く答えた。

「そんな元気な返事、初めて聞いたわ、お母さん」

と、伸子は笑って、「――仕度に時間がかかるわ。奥田《おくだ》さんをお待たせしたら申しわけないから、早め早めにね」

「うん」

「気分、どう？」

妙子は微笑《ほほえ》んで、

「こんなに良かったことって、生れて初めてだよ！」

と言った。

「良かったわ。先生の言うことをよく聞いて、いい子にしてたおかげね」

妙子は、手もとのボタンを押した。ゆっくりとベッドの頭が持ち上って、起き上る。

「急に動かないのよ。貧血でも起したら困るから」

「うん。――お母さん」

「なに？」

「制服、出して見せて」

「何よ、後で着るんだからいいじゃないの」

「お願い！　明るい中で見たいの！」

「はいはい」

伸子は、椅子《いす》にのせてあった箱のふたを開けると、中から明るい紺色のブレザーを取り出した。襟なしの、金ボタンが二つ横に並んだデザイン、左胸の赤と金糸のエンブレム。

「私の……制服」

と、妙子は言った。「とうとう着られる」

「そうよ。さ、遅刻したら大変。せっかくの卒業式に」

「はい」

「おはよう」

と、看護師が姿を見せ、「あ、妙子ちゃん今日卒業式だ」

「うん」

「おめでとう！　いいなあ、こんな可愛《かわい》い制服着られて」

と、ブレザーを眺め、「私なんか何十年も前のドテッとしたセーラー服だったわよ」

「羨《うらや》しいでしょ」

と、妙子は笑った。

「ほらほら、検温だけはちゃんとしてね！」

「忙しいのに」

と、妙子は口を尖《とが》らした。

母の伸子は、病室を出ると、給湯室へと急いだ。

妙子の体を、ちゃんと拭《ふ》いてやらなくては。長い入院生活で、どうしても薬の匂《にお》いがしみついてしまっている。

「――おはようございます」

と、声がして、さっき妙子が見ていたのと同じブレザーの少女が立っている。

「まあ、早苗《さなえ》さん」

伸子はびっくりして、「こんなに早くから――」

「女の子は色々仕度が沢山あって、時間かかりますから」

と、早苗は言った。「妙子さん、大丈夫ですか？」

伸子が返事をする前に、病室から妙子の弾《はじ》けるような笑い声が聞こえて来た。

「――あれを聞いても分るでしょ」

「本当だ。じゃ、心配ありませんね」

と、早苗は笑顔になった。

「早苗さん……」

伸子は、ふと不安げな様子になって、「いいんでしょうか、本当に。あの……」

「ええ、すっかり準備ができてますから。安心してらして下さい」

伸子は、頭を下げて、

「本当に、あなたには何とお礼を申し上げていいか……」

「やめて下さい」

と、頬を赤らめ、「私、そこの長椅子に座ってますから。制服着るときになったら、呼んで下さい」

「ええ。それじゃ、よろしく」

伸子がいそいそと走って行く。

——奥田早苗は、朝の光がゆるく射し込んでいる休憩所へ行くと、腰をおろした。

何だか……信じられないような気分である。本当に今日を迎えたということ。まさか、まさかこんなことになるとは……。

二年前には思ってもいなかった。——そう、早苗が高校一年の三月を迎えたあの日。

私立のM女子高での日々も一年が過ぎようとしていたころ、早苗は二か月ほど前から、ずいぶん早く家を出るようになっていた……。

2

「じゃ、行くね」

と、早苗は玄関へ行って靴をはきながら、「お母さん、お弁当は?」

「はいはい」

と、母があわてて可愛いハンカチにくるんだお弁当を持ってやってくる。

「サンキュー」

「もう、あんたったら、どうしちゃったの?」

と、母、恭子《きょうこ》がグチった。「こんなに朝早く出て行くなんて。前より三十分以上早いじゃないの」

「それって変だよ」

と、早苗は笑って、「遅いって怒られるのなら仕方ないけど、早く行くからって、文句言われるのなんて」

「文句言ってやしないわ。でも……」

「説明したでしょ。クラブの用で、一年生は早く行かなきゃなんないの」

「聞いてるわよ。だから、いけないなんて言ってないわ。でも、寝不足でボーッと歩いてて、車にはねられたりしないでね」

「はあい。行って来ます！」

ともかく、奥田早苗は家を出たのである。——三月、空は少し眠たげな曇り空で、早苗ももう期末試験が終って呑気《のんき》な気分だった。あと二週間もすれば、終業式。そして、来月からは二年生になる。

「そうか……」

二年生になったら、お母さんに何と言いわけしよう？——ま、いいや。何とでも理屈はつけられる。

早苗は駅への道を少し急いで歩き出した。

——駅は、まだラッシュアワーに少し間があって、そう混んでいない。

ここから、早苗は電車とバスを乗り継いで一時間半かけてM女子高へ通っている。

M女子高の制服は、襟なしの紺のブレザーに、広いブラウスの襟を出して着る。ピンクのリボンは一年生。これが二年生になると水色になり、三年生は明るいグリーンになる。

スカートは今の女子校に多いタータンチェック。白のハイソックスにストラップシューズ。

――これがM女子高生のいでたちである。

早苗は改札口を通ると、ちょうどホームへ上る階段の手前にあるコインロッカーで足を止める。もう手はコインを握りしめている。

追加分のお金を入れ、鍵《かぎ》を差し込んで回すと、コインの落ちる音がして扉が開いた。いささかくたびれた大きな紙の手さげ袋。

それを取り出して、早苗は急ぎ足で女子トイレへと姿を消した。

そう手間どるわけではない。

ほんの二、三分の後、早苗はトイレから出て来て、ホームへと階段を駆け上っていく。どこが違うのか、朝の眠そうなおじさんたちには見分けられなかったかもしれないが、同年代の女の子なら一目で素早くチェックを入れただろう。

まず頭にちょんと斜めにのせたベレー帽、そしてピンクの代りに格子《こうし》柄の少し渋めのリボン。左胸ポケットのエンブレム。

足下を見ると、ストラップのないローファーをはいている。

そして早苗は足どりも軽く颯爽《さつそう》とホームへ上ったのである。

次の駅から、いつも通り、クラスメイトの安沢《やすざわ》あゆみが電車に乗ってくる。

「――おはよ」

「おはよう」

「あ、リボン、替えたね」

と、あゆみが目ざとく気付く。

「うん。いつも同じのしてると、すぐしわが寄って消えなくなるからね」

と、早苗は言った。

もちろん、安沢あゆみの方は、M女子高の制服姿である。

「だけど、早苗もよくやるね」

と、あゆみが笑って、「確かにその方が可愛いと思うけどさ、私なら根気が続かないよ」

「だって、自分でお洒落《しやれ》するんだから。――この制服着られる高校生の時代って、三年間しかないんだよ。それなら、自分の好きなようにしたい」

――そう。早苗は、どうしても自分の通うM女子高の制服に満足できず、自分なりの

「制服」を作ってしまったのである。

「でも、気を付けないと、早苗」

と、あゆみが言った。「もし、学校にばれたら大変よ」

「分ってる。――あゆみ、誰にも言ってないよね？」

「当り前じゃない。私は親友を裏切るような真似《まね》はしない！」

「頼りにしてるよ。でも――どう思う？　このベレー帽、夏は暑いよね」

「そりゃそうよ」

「よし、何か考えよう」

と、早苗は肯《うなず》いた。

もともと、奥田早苗は自分の意志を頑固に通すという点で、小さいころから親をてこずらせて来た。

といって、早苗は決して今のM女子高が気に入らないというわけではない。この制服も、むしろよそに比べると垢抜《あかぬ》けていていいと思っている。

ただ、こうしたらもっと良くなるのに、と思い付いたら、じっとしていられなかったのである。

「――ね、春休み、どこかに行くの？」

と、早苗は安沢あゆみに訊《き》いた……。

――楽しくおしゃべりしていると、時間はアッという間にたってしまう。

「あ、早苗、もう降りる駅だよ」

「うん」

早苗は自分の鞄《かばん》をつかむと、「じゃ、後でね」

早苗も、この格好で学校まで行けば、先生に見咎《みとが》められるのは分っている。そこで、一つ手前の駅で一旦《いったん》降りると、駅の改札口を出たところで、また正規のスタイルに戻ることにしていた。

ここは、改札口の外にしかコインロッカーがなくて、少々不便だったが、通りかかる大人たちは、みんな自分のことで手一杯。

高校生の女の子が一人、ベレー帽や靴をコインロッカーにしまっていても、誰も気にしやしないのだ。

正直、早苗は自分自身、

「よくやるよ」

と思わないでもない。

でも、これくらいの努力（？）で学校へ通うのが楽しくなればいいじゃないの。

さ、今朝もM女子高生に戻るか。

コインロッカーの前で足を止め、どこを使おうか見ていると――。

「あの……」

と、声をかけられて、

「はい」

振り向くと、早苗の母と同じくらいの年ごろのおばさんである。

「ごめんなさい。突然声をかけて」

「いえ……。何ですか？」

「その制服、ちょっと見せていただけないかしら？」

「は……」

「娘が、目にとめて、凄《すご》く可愛いって気に入ってるものだから……。ちょっと、そばで見せてあげてくれない？」

車が停っていた。――その後部座席の窓から、女の子が顔を覗《のぞ》かせている。

早苗は、青白い、頬のこけたその少女の顔を見てドキッとした。

「病気でね、これから入院なの」

と、その母親は言った。「あなた高校生？」

「一年生です」

「じゃ、娘と同じだわ。——ご迷惑でなければ」

学校へ行く途中だ。あまり時間はないが、その少女のせつなげな目は、とても早苗に、「お断りします」と言わせてはくれなかった。

その車の方へ近寄って、

「こんにちは」

と、早苗は笑顔で言った。

「——こんにちは」

と、その少女は、少しかすれた声で言った。「それ……どこの制服?」

ためらったが、でっち上げるわけにもいかず、

「M女子高。一年生の奥田早苗よ」

「私、高畑《たかはた》妙子……。いいなあ。凄く可愛い!」

と、充血した目が一瞬輝いて、「そんな制服、着てみたかった」

早苗は、「自己流」のスタイルにその少女がすっかり感動している様子なのを見て、悪い気はしなかった。

「ほら、こちらは学校へ行かなきゃならないんだから」

と、母親が口を挟んで、「どうもありがとう。――さ、行きましょう」

「うん……」

妙子という少女は、名残り惜しげに早苗の方をじっと見ている。忘れまいとするかのように、頭から爪先《つまさき》まで何度も何度も。

「――どうも」

と、母親が礼を言って車に乗り込んだ。

妙子が白い手を持ち上げて小さく振った。早苗は急に胸苦しいような思いに捉《とら》えられて、

「あの――」

と、動き出した車について歩き出していた。「病院、どこ？　帰りに寄ってもいい？」

「うん！」

妙子が目を見開いて、「本当に来てくれる？　この先のS大学病院」

「分った」

「きっとね」

「うん。行くよ」

「高畑妙子っていうの……」

車が走り去る。
少女が手を振っているのが、ずっと見えていた。
――あんなこと言っちゃって。
でも、あの子の様子は……。そう、とても具合悪そうだった。
黙ってはいられなかったのだ。
S大学病院。――高畑妙子。
「物好きね」
と、あゆみからは冷やかされそうだが、仕方ない。
言ってしまった以上は、あの病人をがっかりさせるわけにいかない。
「あ、学校！」
ハッと我に返って、早苗はコインロッカーへと駆けて行った……。

その日の帰り、早苗は約束通り、S大学病院に高畑妙子を訪ねた。
その前に、コインロッカーで「自己流制服」のスタイルに変えたのはもちろんである。
S大学病院は駅から歩いても、八分の所にあり、すぐに分った。
高畑妙子の名で病室を調べてもらい、捜して行くと、早苗は廊下に溢《あふ》れるほどの入院患者の数に、ちょっとしたカルチャーショックを受けた。

早苗の家は、父が海外に単身赴任しているので、母と早苗の二人暮し。家族や親しい人で大病した人がいないせいもあって、早苗はこんな大病院に慣れていない。

「──あ」

廊下をやって来たのは、確かあの母親。

向うもすぐに早苗に気付き、

「まあ」

と、急いでやってくると、「わざわざ、すみませんね」

「いえ……。今、結構ヒマなんです。妙子さんは？」

「それが今、あいにく検査で。──でも、とても気にしてました。『きっともう忘れてるよね』とか言って」

「じゃ、待ってます」

「そうですか？──ごめんなさいね、本当に」

「いいえ。でも……具合、良くないんですか？」

高畑伸子は、ちょっと周囲を見てから、早苗を廊下の隅へ連れて行き、

「中学生のころ白血病にかかって、入退院をくり返してるんです。見た通り、顔色も良

くないでしょ。今度の入院がもう最後かもしれないって言われています」

早苗は愕然《がくぜん》とした。

悪いといっても、まさかそこまでとは思わなかったのである。

自分と同い年齢《どし》の女の子が、もう長く生きられない。そんなこと、早苗には信じられなかった。

「もし……よろしかったら」

と、高畑伸子はおずおずと、「お時間のあるとき、見舞ってやっていただけませんか。中学校のお友だちも、みんなあちこちの高校へ別れてしまって、ほとんど友だちというものがなくて……。何のご縁もないのに、図々《ずうずう》しいお願いですが……」

「いえ、そんな」

と、早苗は言った。「私でできることなら……。もちろん、学校もあるし、そういつも寄れないと思いますけど」

「いいんですよ、そんなこと！　本当に、たまにでも顔を出して下されば」

母親の、本当に嬉《うれ》しそうな顔を見て、早苗は却《かえ》って心配になった。

何といっても、つい今朝まで見も知らなかった相手。「友だちになる」というのは、同情や気づかいだけでは無理なことだ。

「——あ、戻って来ました」

と、伸子が言った。

早苗は、ガラガラと車のついた台にのせられてやって来るあの少女を見た。

「妙子。——ほら、今朝の——」

と、母親が寄っていくと、

「あっち行ってよ！」

と、甲高い声で叫ぶ。

「辛《つら》かったものね。——そっとしておくから大丈夫よ」

年輩の看護師が、なだめるように言った。

少女——妙子が、早苗に気付いて、

「あ……」

と、目を見開いた。

早苗が小さく手を上げて見せると、

「少し待ってて！　ね、お願い！」

「うん、待ってるから」

早苗は何度も肯いて、病室へ入っていく妙子を見送った。

「びっくりされたでしょ、ごめんなさい」

と、伸子が目をハンカチで拭《ふ》いて、「とても痛い検査なんです。大人でも悲鳴を上げるくらいに。いつも泣いてしまうので、私もとてもついていられないんですけど。あの子も、泣いた顔を人に見せたくないので」

早苗は、膝《ひざ》が震えて、立っているのもやっとだった。——自分とは別の世界に生きている少女が、そこにいたのだ。

十五分ほど待って、早苗はベッドの妙子を見舞った。

「——来てくれるなんて」

と、妙子はもう笑顔になっていた。

「話してみたくって。私も家から学校まで遠いから、友だちって多くないの」

と、早苗は椅子《いす》に腰をおろした。

「——いいなあ、その制服」

「そう？　確かに、制服としちゃ洒落《しやれ》てるって評判」

「ねえ。気に入っちゃった！　私もそれ着てみたい」

「私、ここで裸になったら、他の患者さんがびっくりするよね」

早苗が真面目《まじめ》くさって言ったので、妙子はふき出してしまった。

「ベレー帽、かぶらせてくれる？」

「いいよ。——はい」

と、ベレー帽を取って、渡すと、

「お母さん、起こして」

「はいはい」

伸子が、妙子の上体を支えて起こしてやる。妙子はベレー帽をかぶろうとして、手を止め、

「早苗ちゃん、だっけ」

「うん」

「髪の毛、汚れてないからね、まだ。昨日家で洗ってもらったから」

ベレー帽を汚すとでも言われると思ったのか。妙子のその気のつかい方に、早苗は目頭が熱くなって、立ち上ると、

「そんなこと言っちゃだめ！」

と言って、ベレー帽を自分の手で妙子の頭にのせてやった。「——似合うよ」

妙子が微笑《ほほえ》んだ。

早苗が、たぶん生涯でも一番親しい友だちを見付けた瞬間だった。

3

それは、女子高校生には似つかわしくないため息だった。

病院の前庭は、晴れているとはいえ冬は風が吹き抜けて寒い。

だが、そこのベンチに腰をおろしたベレー帽の女子高生は、深い絶望のため息を洩《も》らして、両手で顔を覆《おお》ったのである。

——田ノ倉良介《たのくらりようすけ》は、宮島《みやじま》の言いつけで、このS大学病院へやって来ていた。

雇い主である宮島勉《つとむ》の古い知人がここに入院しているので、見舞に訪れた、というわけだった。

むろん、本当なら宮島本人が見舞に来るところだが、病人としては、

「来てほしくない」

と思うこともあるわけで、その辺を、先に秘書である田ノ倉が見に来たのだ。

そして病院を出た所で、「ため息をつく女子高生」を見かけて足を止めたのだった。

「——どうした?」

と、声をかけると、しばらくして少女は顔を上げ、

「——私？」

「うん。何だか沈んでるね」

「ああ。——ちょっと、悩みごとがあって」

と、やっと自分の様子に気付いたらしい。

「ごめんなさい。心配してくれたんですね」

「いや、それはいいんだ」

田ノ倉はベンチに並んで腰をおろすと、「もし良かったら、話してみないか、君の悩みというのを」

「え？」

「田ノ倉。僕は田ノ倉良介」

「奥田——早苗です」

「早苗君か。よろしく」

田ノ倉が差し出した手を、少女はふしぎそうに取って、

「お医者さんですか？」

と訊《き》いた。

田ノ倉はちょっと笑って、

「いや、そういうわけじゃない。でも、人の話を聞くのは得意でね。悩みごとがあるときは、人に話してみるとずいぶんスッキリするもんだよ」

「そうかもしれませんね」

と、やっと早苗も微笑んで、「――ありがとう。でも……私の場合は、どうにもならないんです」

「ともかく話してごらん。それとも、ここじゃ寒いか。どこか喫茶店にでも入るかい？」

「いえ、ここで……。ここの方が話しやすい気がします」

と、早苗は言って、「いやだ。話す気になっちゃってる」

「続けて」

「はい」

早苗は息をつくと、「――この病院に入院してる、高畑妙子って子のことです」

「高畑妙子」

「私と同じ十八歳で、もし高校へ行ってれば、高校三年生。でも、妙子は中学のころからずっと体が悪くて……」

早苗は言葉を切って、「順にお話ししますね。私が妙子に初めて会ったのは、高校一年生の終り、三月のことです……」

――田ノ倉は、ふとした偶然で知り合った二人の少女が、本当に気が合って、親友同士になったいきさつを聞いた。

「なるほど」

「妙子は、私と知り合ってからとても明るくなって、元気も取り戻しました。よく食べたし、顔もふっくらして、写真で見た、小学生のころに近くなりました」と、早苗は言った。「ある日、妙子が言い出したんです。『早苗と同じ制服を着て、高校を卒業したい』って」

「卒業か。入学していなくてはね」

「ええ。でも、私、何とかならないかと思って、担任の先生に相談しました。もし、可能なら卒業式を見ているだけでも、と思って。――そのときには、もう妙子の病状は、あと半年もたないと言われてたんです」

「そうか」

「せめて、そういう目標があれば、頑張って少しでも生きのびられるかと……。先生がとてもその話に感心してくれました」

「それで？」

「先生、職員会議にそのことを出したんです。――私立ですから、ＰＲも大切、といつも校長先生が言ってるせいもあって、もし妙子に高校生相当の学力があれば、一、二回の出席でも卒業を認めようってことになって」

「それは大変だ」

「ええ……。私、各教科の先生が特別に作った問題を持って病院へ行きました。そして厳密に時間を測って、妙子にやらせてみたんです。そしたら、私よりずっといい点だったんですよ」

と、早苗は笑顔で言った。

「それで学校も認めてくれたのか」

「ええ。次の定期試験のとき、担任の先生が私と一緒にここへ来ました」

早苗は病院を見上げて、「もちろん私も一緒だったんですけど、試験の後で――」

「早苗。ベレー帽はどうしたの？」

と、ベッドでお茶を飲みながら、妙子が言った。

早苗は、その一言を心配していたのだ。

今日は担任の教師、桐生《きりゅう》と一緒なので、もちろんＭ女子高の正規のスタイルで来ている。

妙子がそれに気付くだろうと分っていたので、正直、気が気ではなかったのである。

「うん、ちょっと汚れちゃったんで、かぶって来なかったの」

と、早苗は言った。

桐生がお茶を飲みながら、

「ベレー帽って――」

と言いかける。

お願い！　やめて！　黙ってて！

早苗は必死の思いをこめて、担任教師を見つめた。桐生は、今年三十一歳の、独身の男性教師である。

「そうか……。今日はかぶってないな」

と、桐生が話を合せてくれた。「高畑君も似合うだろうな、きっと」

早苗は、胸をなでおろした。

「私、その制服で卒業式に出るのが夢なんです！」

と、妙子は目を輝かせた。「早苗と一緒に卒業できたら、最高！　もう死んでもいい！」

「おい、そういうことを軽々しく言っちゃいかんぞ」

と、桐生は言って、「特に、定期試験の成績が、奥田よりずっといいときはな。奥田の方が後に残ることになるかもしれん」

「それって、落第ってこと？」

「冗談だ」

「ひどい！　乙女心を傷つけて」

明るい笑いがベッドの周りを包んだ。

「まあ、わざわざどうも」

と、妙子の母がやって来て、桐生に何度も頭を下げた。

——早苗は、「また明日」と声をかけて、桐生と病院を出た。

歩きながら、

「奥田。何のことだ、ベレー帽ってのは」

と、桐生が言った。

早苗も覚悟していた。

「駅まで待って下さい。コインロッカーの所で説明します」

と、早苗は言った。「でも、ありがとう、先生」

桐生は黙っていた。

駅に着くと、早苗はコインロッカーを開け、中から、ベレー帽、リボン、ローファーなどを出して見せた。

桐生は呆気《あっけ》にとられていたが、

「――毎日、ここで替えてたのか」

「ここと、うちの方の駅で」

早苗は素直に言って、「すみません」

と、頭を下げた。

「――呆《あき》れた奴《やつ》だな！」

「停学でも、何でもして下さい。でも、お願いですから妙子に言わないで下さい。妙子、このベレー帽とかローファーとか、私の制服に憧れてるんです」

「奥田、お前……」

「黙ってて下さい。お願いです」

早苗はもう一度頭を下げた。

桐生はしばらく黙って早苗を見ていたが、

「――奥田」

「はい」

「これ、いつもの通りにつけてみろ」

「え？」

「いつも通学してる、お前流の制服姿になってみろ」

「――はい」

靴を替え、リボンを替え、マジックテープでペタッとエンブレムを貼《は》りつけ、ベレー帽をかぶる。

「――これです」

と、立ってみせる。

「ふーん……」

桐生は顎《あご》に手を当てて眺めていたが、「お前、将来デザイナーにでもなるのか」

「まさか。――ただ、通学時間が長いんで、退屈しちゃうんです。これで元気になれるっていうか……」

桐生は少しさがって、早苗の格好《かっこう》を、頭から爪先《つまさき》までジロジロと眺めていたが、やがて声を上げて笑った。

「面白いことを考える奴だな！　分った。黙っててやる」

「先生、ありがとう！」

「ま、せっかく楽しみにしてるんだ。その格好で見舞ってやれ。しかし――よく今まで見付からなかったな」

「私と同じ方向の電車に乗る人、少ないんです。だから……」

「そうか。――見付かるなよ」

「はい！」

早苗は頬を染めて、「ありがとう、先生！」

と言って涙ぐんだ。

「おい、よせ。俺がいじめたみたいじゃないか」

桐生は財布を出して、「切符を買ってくる。――奥田」

「はい」

「そのベレー帽は、確かに可愛いな」

早苗は、桐生の言葉の暖かさに感謝した。

そして、ベレー帽をちょっと斜めにかぶり直したのだった。

「――いい先生だね」

と、田ノ倉は言った。「今どき、そういう先生は少ないだろう」

「はい。私もホッとして……。私、ほとんど毎日のように帰りに妙子の所へ寄って、その日の授業の内容を伝えました。私にも復習になって、良かったんです」

と、早苗は微笑《ほほえ》んで、「おかげで、私の成績も上りました」

「それは結構だね」

「でも――」

と、早苗は言いにくそうに、「本当は凄《すご》くいいことなんです。私もとっても嬉《うれ》しいし、妙子のお父さん、お母さんも喜んでます。でも……困ってるんです」

「何のせいで？」

「妙子が、段々元気になったからです」

早苗は言った。「半年くらいって言われていた妙子が、学校の勉強を始めると、元気になったんです。お医者さんもびっくりして、『これなら、骨髄移植をやれるかもしれない』って……。前は体力がなくて、とてもその手術のための抗ガン剤の投与に堪えられないってことだったんです。でも、妙子、目も活《い》き活《い》きして来て……。そして、今、三年生です」

「すると――本当に卒業できそうなのか」

「そうなんです」

と、早苗は肯《うなず》いて、「もちろん、私も一緒に卒業できれば本当に嬉しいんです。だけど……」

早苗は、ベレー帽を取ると、

「妙子は、この私の制服が、M女子の本当の制服だと信じてます。これを着て、卒業式に出るのが夢なんです」

「なるほど。つまり、卒業式に出れば、君のその格好が本当の制服じゃないということがばれてしまう、というわけか」

「ええ」

早苗はため息をついて、「でも、今さらこれじゃない、なんて言えないし、どうしようかと思って……」

「なるほど。よく分る」

田ノ倉は肯いた。

「そういうことなんです。――ありがとう、聞いて下さって」

「奥田早苗君――といったかな？」

「はい」

「もしかしたら、力になれるかもしれないよ」

田ノ倉の言葉に、早苗は目をパチクリさせた。

「どういうことですか？」

「君の学校の場所を教えてくれるかね」

と、田ノ倉は言った。

4

「何だろうね」

と、安沢あゆみは言った。

「うん……」

早苗は、何となく落ちつかない気分だった。

——昨夜、担任の桐生から電話があって、

「お前の『制服』の小道具一式、学校へ持って来い」

と言われたのだ。

「何に使うんですか」

と訊《き》いても、

「持って来ればいいんだ」

と言うだけで、「俺が信じられないのか」

と言われると、逆らうわけにもいかない。

朝、登校して、手さげ袋に入れたベレー帽や靴を渡しておいた。

そして、昼休みの前、

「午後、全校生徒、講堂へ集まるように」

という放送である。

まさか、早苗一人退学処分にするのに、全校生徒の前で「見せしめ」にするってこともないだろうけど……。

昼休みの間も、早苗は気が重かったのである。

「予鈴だ」

五分前のチャイムで、早苗は手を洗いに出た。

「――奥田」

と、桐生がやってくる。

「はい」

「ちょっと来い」

「何ですか？」

「いいからついて来い」

早苗は、恐る恐る桐生の後をついて行った。

「先生……」

「いいから黙ってついて来い」

少々むくれていた早苗は、〈校長室〉のドアを桐生がノックするのを見て、覚悟を決めた……。

講堂の中はおしゃべりの声でゴーッという大波のような響きが満ちていた。

「静かに」

と、教師の声が何度か響いて、やっと静かになる。

「校長先生より、お話があるので、静かに聞くように」

えーっという声がいくつか上った。

大体、こういうときに、「いい話」というのは少ない。

「早苗、どうしちゃったんだろ」

安沢あゆみは、不安げに呟《つぶや》いた。――クラス全員、ここへ来ているのに、早苗だけが姿を見せないのだ。

「――突然のことで、何の話かと思った子もあるかもしれない」

校長先生が、壇上で口を開いた。「わがM女子高校は、諸君も知っての通り、長い伝統を持っている」

それで？　早くも、生徒の方はうんざりした表情。

「しかし、同時に、絶えず新しい風を入れることも、伝統を活き活きとしたものにするため、必要である。この度、本校は新しい制服を定めることにした」

どよめきが起った。

「静かに！」

と、壇の下にいる先生が真赤になっている。

「――君たちの若々しい感覚が充分に活かされた制服である。これは、わが校を支援して下さるある方のご好意により、無料で諸君に配られる。では、その具体的なスタイルを見てもらう。――出て来たまえ」

校長が手招きすると、袖からおずおずと現われたのは――。

「――うそ！」

と、あゆみは思わず言った。

早苗だ。しかも――あの「自己流」の制服を着ている。

しばし、講堂の中は静まり返った。

ベレー帽、リボン、エンブレム、ローファーの靴。

「――可愛い」

と、誰かが言った。

「凄く可愛い！」

拍手が起きた。それはたちまち講堂中に広がって、壇上の早苗は真赤になりながら、それでも嬉しそうに微笑んでいた……。


「一億円？」

と、早苗は目を丸くした。

「そう。――宮島さんが校長先生に会って、直接話をしたんだ」

と、田ノ倉は言った。

「でも一億円なんて……。あの服のために？」

「君も、その使い方に異存ないだろ？」

早苗は笑顔になって、

「もちろんです！」

と言った。

下校時、早苗は、田ノ倉と会って、事情を知ったのである。

「さ、車で病院へ送ろう」

と、田ノ倉が言った。

「いえ、私——」

「会ってほしい人がいるんだよ」

大きなベンツが停っていて、

「——君が早苗君か」

と、車から顔を出した老紳士が言った。「宮島だ」

「あ……。ありがとうございます！」

と、早苗は言った。

「まあ、乗りなさい。病院へ行く間に話をしよう」

宮島に言われて、早苗は車に乗った。

車が静かに走り出す。運転しているのは田ノ倉だった。

「――田ノ倉から聞いたかね」

と、宮島が訊く。

「はい。一億円、人を選んであげていらっしゃるんですね」

「驚いたかね」

「ええ、もちろん！　でも、とてもすてきなことだと思います」

「田ノ倉が、その相手を見付けてくるんだ」

と、宮島はニヤニヤしながら、「君に声をかけた動機は知らんがね」

「先生、それじゃ私が下心でもあって、早苗君に近付いたみたいじゃありませんか」

と、田ノ倉が抗議した。

「なに、それでもいいさ。こんな魅力的な子に下心を持たなかったら、その方がふしぎだ。――いや、心配しなくてもいいよ。下心といっても、想像の世界だけのことで、私も田ノ倉も充分紳士だ」

「はい。とてもすてきです」

と、早苗は言った。

「ありがとう。――ともかく、田ノ倉の話を聞いて、一億円を君にあげても、その後のことが君ではうまく運べないだろうと思った。相談した結果、私が君に代って、君の希望を実現しようということになったのだ」

「先生。——それは事実に反してやいませんか。いやだいやだとおっしゃるのを、私が説得したんですから」

「結果は同じだろ」

と、宮島は渋い顔で言い返した。「そこで、君のところの校長に面会を求め、制服を新調してほしいと話をした」

「校長先生、びっくりしたでしょうね」

「むろんね。大分渋ってはいた。まあ、事情が事情で、費用はこっちで持つと言っても、一学生の趣味でやっているものを、学校として正式採用するのは抵抗があるだろう」

「それで、どう話をしたんですか？」

「全学生の制服を新しくしても、せいぜい何千万ですむ。一億円の残りの分を、校舎の改築などに提供すると言ったら、ガラッと態度が変った」

早苗は、そのときの校長先生の様子を想像して、ふき出しそうになってしまった。

「ついでだが、その改築の第一に、卒業式を行う講堂に、車椅子《くるまいす》用のスロープをつけることを承知させておいたよ」

「——ありがとうございます」

「いやいや」

と、宮島は首を振って、「しかし、本来のこの一億円提供のやり方からすると、今回は異例でね。残った金だけでも、君に自由に使わせるべきだったかもしれないな」

「一億円かぁ……」

と、早苗はため息をついて、「凄《すご》いなあ！　何買うかな。ハンドバッグ、TVゲーム、ピアスにCD……」

早苗はちょっと笑って、

「一億円になんて、とてもならないですよね。——決めて下さって良かったです。友だちの夢を叶《かな》えてやれることよりすてきなことなんて、ありませんから」

宮島は、ゆっくりと肯いて、

「君のような子がいると分ると、私のような年寄は安心するよ」

と言った。

「あ、そうだ」

早苗は手さげ袋から、ベレー帽を取り出して、「いつものスタイルに戻さなきゃ。ここで替えていいですか？」

一応、正規の格好をしていたのである。

「いいとも。私も、一緒にその高畑妙子君とやらを見舞わせてもらおうか」

「はい！」

早苗は、慣れた手つきでリボンを替え、靴をはき替えた。

——病院に着くと、早苗は先に立って、入って行った。

宮島と田ノ倉は、妙子の前では、「学校の理事さんたち」ということにしようと決めていた。

病室のドアをノックして開けると、

「妙子。——入るよ」

早苗は、妙子のベッドが空になっているのを見て、「検査かな。ちょっと訊いて来ますね」

そこへ、足早にやって来たのは妙子の母、伸子だった。

「早苗さん！」

「あ、今日は。妙子——」

と言いかけて、伸子のただごとでない様子に口をつぐむ。

「ゆうべ急変して……。今、集中治療室に……」

「そんな……」

早苗は愕然《がくぜん》として、「あんなに元気だったのに！」

「でも、綱渡りしているようなものだったの。あなたのおかげで、ここまでやって来れたけど……」

「そんなことって、ないですよ！　妙子が——妙子が卒業式に出られることになったのに！」

と、早苗は叫ぶように言った。「——ごめんなさい。つい……」

「ありがとう」

伸子が早苗の肩に手をかけて、「嬉《うれ》しいわ本当に。あの子に話してあげて。今は——まだ意識がないけど」

早苗が青ざめて田ノ倉たちの方を振り向いた。

「——こちらは？」

と、伸子が早苗に訊く。

「あの……」

「私どもは、M女子高校の理事をしておる者です」

と、宮島が進み出て、「理事会は、全会一致で、お嬢さんに卒業資格を認定する旨《むね》、決定しました」

「まあ……。一日も通っておりませんのに……」

と、伸子は胸を一杯にさせている。

「勉強は学校だけでするものではありません。それに、今回のことでは、我々の方が、妙子さんから多くを学ばせていただきました」

と、宮島は淀《よど》みなく言った。「我々は、妙子さんが卒業式に参加されるように、万全の準備を整えてお待ちしています」

伸子は、「ありがとうございます」と言ったが、涙声で言葉にならなかった……。


「――早苗？」

妙子の、囁《ささや》くような声に、ハッと目を覚ます。

「ここにいるよ」

と、小声で呼びかける。

「もう……夜でしょ」

「うん。でも、一言でも話さなきゃ、帰る気になれなかった」

「ありがとう……」

妙子は、急に縮んだように見えた。

そんな様子を見ているだけで、早苗の胸は痛む。

「お母さん、今、眠ってるよ」

と、早苗は言った。「起こして来ようか？」

「寝かせといて。疲れてるから」

妙子は、白い手を早苗の方へのばして、「毎日ありがとう。——こんなに楽しかったことって、なかった」

「妙子。また元気になって！　ね、卒業式に出られるんだよ。ちゃんと車椅子のためのスロープを作って、妙子を待ってるって。だから、元気になんなきゃ！」

妙子は微笑《ほほえ》んだ。

「ありがとう。——出たいなあ。早苗とお揃《そろ》いの制服で」

「オーダーして、作っちゃうからね。絶対良くなるんだよ」

早苗は妙子の、少し冷たい手を両手で挟んで言った。

——夜中になっている。

早苗はずっと妙子のそばについていたのである。

「早苗……。怒らないで聞いて」

と、妙子が言った。

「何？」

「もし……卒業式に出られなかったら……。出ないで死んだら、私に、その制服着せて」

馬鹿《ばか》、と言ってやりたかった。

でも、気休めを言っても、妙子自身、自分のことはよく分っているのだ。

「――分った」

「約束して」

「約束する」

「良かった」

と、妙子は息をついた。

早苗は妙子の手をさすった。

「疲れない？」

「うん……。眠ったら、もう目が覚めないみたいな気がして、怖い……」

「そんなことないよ。休まなきゃ。――ね」

二人は、なおしばらく低い声で話し続けていた。

5

「さあ、できた！」

と、早苗が言った。「見て！」

——ベッドに腰をかけた妙子は、早苗と同じブレザー、そしてベレー帽。

「M女子高等学校卒業式へ出かけよう！」

と、早苗が言った。「お母さん、鞄《かばん》を持って下さい。車椅子、私が押しますから」

「はい。ありがとう」

伸子もスーツ姿で、髪も美容院に行って、きちんとまとめてある。

「お母さん、そうして見ると若いね」

と、妙子に言われて、

「何言ってるの」

と、伸子は笑った。

車椅子へ移ると、妙子は、同じ病室の人へ、

「じゃ、行って来ます」

と、挨拶《あいさつ》をした。

「行ってらっしゃい！」

「おめでとう！」

声が飛び、拍手が起る。

早苗が車椅子を押して、病室を出る。

「――お父さんも、学校へ来てるって」

と、伸子が言った。「早苗さんに任せっ放しで、申しわけないわ」

「いいえ。――車、玄関にいますか」

「見てくるわ」

と、伸子が先に駆けて行く。

本当に――よく持ち直した。

妙子は、危い状態を何とかのり切って、この日まで、頑張って来たのだ。

早苗は、胸を張って、誇らしい様子で車椅子を押して行った。

病院を出ると、田ノ倉が車の前で待っている。

車椅子ごと乗れる特殊な車で、むろん田ノ倉が手配してくれたものだ。

「さあ、時間は充分あるが、向うで少し休んだ方がいいだろう」

と、田ノ倉は言った。

大型の車なので、後部座席に向い合って四人乗れる。

道も混まず、少しゆっくり走らせても三十分近く前に学校へ着いた。

「——M女子高へようこそ」

と、早苗は言った。

「私の高校……。こんな所だったんだ」

と、妙子は物珍しげに左右を忙《せわ》しく見回した。

「——講堂、その先です」

と、早苗が説明する。

妙子の頬には朱がさしていた……。

田ノ倉は、講堂の入口に立って、中から洩《も》れてくる校長の訓話を、聞くともなく聞いていた。

爽《さわ》やかな風が吹いてくる。

今、中では高畑妙子が胸を一杯にしているだろう。

「——失礼ですけど」

と、スーツ姿の女性が声をかけて来た。

「はあ」

「田ノ倉さん……でいらっしゃいます？」

「そうです」

「私、奥田恭子です。早苗の母でございます」

「あ、どうも……」

田ノ倉は挨拶して、「――ご卒業おめでとうございます。中へお入りになっては？」

「ええ、お話が一段落しましたら」

と、早苗の母は言った。「今日――高畑妙子さんもみえているんですね」

「ええ。車椅子で。早苗君が押していますよ」

「良かったわ、出られて」

「早苗君の努力が、実を結びましたね」

「ええ、でも……」

と、恭子は少し声を低くして、「大変だったんです。早苗も、何度も病院へ通うのをやめようとしました」

思いがけない話だった。

「それはどうして……」

「病人ですから、わがままも言うし、自分勝手なこともします。当り前のことですけど、子供にとっては、傷つくことも少なくありませんでした」

「早苗君が？」

「もう二度と行かない、と怒って帰ってくることもありました。でも、何日かすると、また寄って帰って来て、『あの子には私しかいないし』なんて、照れくさそうに言いわけしたりして……」

田ノ倉は、講堂の中を覗《のぞ》いた。

「――一度、早苗に彼氏ができて」

と、恭子は言った。「妙子さんが、凄い勢いで嫉妬《しっと》したんです。早苗がデートする日になると熱を出したり、その男の子に手紙を出してしまったり……。結局、その子が気味悪がって、付合いを断って来ました」

「そうでしたか……」

「あのときは、早苗も泣いて……。どうしてこんなことされるの、って私に訊《き》きました。私も何とも言ってやれなかった……」

恭子は息をついて、「でも、あの子は、『妙子があんなことしたんじゃない。病気がさせたんだ』って、自分を納得させて、また、病院へ通い始めました。私、胸が痛みました。早苗は、本当によくやりました……」

恭子の目から涙が溢《あふ》れて落ちた。

田ノ倉は、改めて車椅子の少女と、その傍の少女を眺めた。

どちらも十代の女の子だ。

一人は重い病気で、いつも死の影に怯《おび》えている。一人は元気で、それが病気の少女から見れば、ねたましく、許せないと思えることもあったろう。

人と人の関係なのだ。むしろ、様々なことがあって当り前だ。

田ノ倉は、改めて早苗という少女に感服した。

妙子のことを話しても、全くそんな屈折したことを感じさせなかった。

「卒業証書、授与」

という声。

「では」

と、恭子が中へ入っていく。

田ノ倉も、中へ入り、隅の方に立った。

あの金で、講堂内もきれいに改装され、明るくなった。

そして——会場を埋める生徒たち全員が、あの早苗考案の新調された制服に身を包み、膝《ひざ》にベレー帽をのせている。

一人の少女の誠意が、この光景を作ったのだ。

「——奥田早苗」

「はい」

立ち上って、早苗が壇上へ進む。

校長の手から卒業証書を受け取るとき、車椅子の妙子が力一杯拍手するのが見えた。

早苗は、他の子と違って、一旦《いったん》元の位置に戻った。

「高畑妙子」

「はい」

妙子のやや上ずった声が響く。

早苗が車椅子を押して、ゆるいスロープを上って壇上へ出ると、満場の拍手が講堂を満たした。

卒業証書を受け取る妙子は、輝くように見えた。

カメラのフラッシュが光り、取材に来たTV局のカメラが妙子を捉《とら》える。

そして一人が立ち上って拍手をすると、誰からともなく、すぐ全員が立って、大きな拍手で妙子と早苗を包んだ。

——そうだ。

妙子への喝采《かっさい》であると同時に、早苗への賞讃《しょうさん》でもある。

田ノ倉は、誇らしい思いで胸が熱くなった。

一億円を渡した、これまでの人々の中でも、この少女ほど、田ノ倉を満足させてくれた人はいなかった。

「おめでとう」

田ノ倉は、そう呟《つぶや》いていた。


「どうした」

と、宮島が言った。

「——あ、いえ、すみません」

田ノ倉は息をついて、「この手紙が……」

「何だ？」

居間のソファで寛《くつろ》いだ宮島は、書類の束を机に戻した。

「あの子です。奥田早苗という」

「ああ。あの高校生か。今、大学だな」

「ええ。——あのときの高畑妙子が亡《な》くなったそうです」

「そうか……」

と、肯《うなず》く。

「最後まで、あの卒業式のことを話していたそうです。制服を着せて、葬儀をしたそうで」

「一億円はむだではなかったか」

「そうですね」

田ノ倉は手紙をていねいにたたんだ。

——早苗が大学を出て、社会人になるころ、僕はいくつだろう？

田ノ倉は、つい、そんなことを考えていた……。

＊本作品中の女子高生の制服については、森伸之著『制服通りの午後』（東京書籍）を参考にさせていただきました。

ミスター・真知子の奮闘

1

「私の恋人になって！」

と、突然その女性は田ノ倉《たのくら》の腕をつかんで言った。

「お願い！」

田ノ倉良介《りようすけ》も男である。しかも独身の男性だ。

見かけも人並（本当はそれ以上とうぬぼれているが、そうは言わない）、加えて豊かな知性とユーモアのセンス（当人が言うのだから間違いない）、そしてそこはかとなく漂う、孤独な影……。

これで、女の一人や二人、夢中にさせなければふしぎというものだ。でも、世の中には「ふしぎなこと」が多かったのである。

だから、パーティの会場をぶらついていた田ノ倉がいきなり女性から、

「恋人になって！」

と言われたとき、面食らって言葉が出なくなったのを笑ってはいけない。

そんなことは、現実の世界ではめったに起るはずがないのである。しかも、女性が年上の落ちつきと、熟した女の魅力を兼ね備えている、となれば、これはもう夢か幻かの世界。

「私は真知子《まちこ》。あなたは？」

と、小声で訊《き》く。

「良介。――田ノ倉良介です」

と、つい返事をしていた。

立食パーティの会場はとかくやかましい。加えて、今夜のパーティは生バンドの演奏まで入って、にぎやかなこと、この上なかった。

「あなたは……」

「しっ！」

と、真知子と名のった女性は、田ノ倉の腕を握る手に力をこめた。

「いてて。――痛いですよ」

と、文句を言っていると、急に真知子が笑顔になって、

「あら、西垣《にしがき》社長。お久しぶりです」

と会釈《えしやく》した。

田ノ倉は、苦い顔で立っている五十がらみの男に見憶《みおぼ》えがあった。

「『社長』なんて、他人行儀な呼び方しないでくれ」

と、その男が言った。

「あら、だって『他人』ですもの。仕方ありませんわ」

はっきりものを言う女性だ。田ノ倉は、有名な貿易会社の社長が、怒るか笑うか、しばし迷った挙句、引きつったように笑うのを見た。

「相変らず手厳しいね」

と、西垣は言ってから、田ノ倉へ目をやって、「こちらは？」

「良介さん」

と、彼女――真知子は田ノ倉の腕をしっかりと取って、「目下の恋人。可愛《かわい》いでしょ？」

西垣がはっきりとやきもちをやくのを見て、田ノ倉はびっくりした。――普通、社会的に地位のある人間が、こんな場所で生《なま》な感情を見せたりはしないものだ。

「――それはおめでとう」

西垣は何とか言葉を押し出すようにしゃべっていた。「真知子に食わせてもらってるのかね」

「それじゃ、この人、ヒモみたいじゃないの。失礼ですよ」

と、真知子が咎《とが》める。

「私、宮島勉《みやじまつとむ》の秘書をしております」

と、田ノ倉が言うと、西垣はちょっと目を見開いて、

「宮島さんの？　それはどうも……。失礼なことを申して……。申しわけない」

「いえ、これはプライベートなことですし」

「西垣さん。あちらで奥様がお待ちですわ」

「真知子。君の皮肉は厳しいね」

「本当です。会場の出入口の方をご覧になって」

「まあ、そんな冗談はいい。なあ、真知子。君がこの前のことで腹を立てているのは分ってる。しかし――」

「奥様がこちらへ！」

「分った分った。来たら待たせとくさ。それより、俺にもせめてチャンスを与えてくれ。頼む」

西垣仁志《ひとし》、N貿易社長は、背後に本当に自分の妻が立っているとは思いもせずに、

「一度二人だけで会ってくれ。なあ、真知子。何もしないと約束する」

田ノ倉は、目を覆《おお》いたくなった。

「二人だけで、どうするの？」

西垣仁志の顔が徐々にこわばってくる。

「お前……」

ゆっくりと振り向いて、西垣は青ざめた。「パリに行ったんじゃなかったのか！」

「行きましたよ」

と、険しい表情の夫人は答えた。「お友だちとランチを食べて帰って来たの。あなたの『お友だち』とは違うわよ。勘違いしないでね」

「何のことだ？」

と、とぼけようとするが、どう見たって無理である。「あ、こちらは、その――前沢《まえざわ》真知子さんとおつ、い、いや、つ、つ、つて、色々外国のお客さんのための催しものなどを企画してくれているんだ。うちの社でも何度か仕事を頼んだが、彼女、ともかく優秀で……」

しゃべればしゃべるほど、夫人の方は険しい表情になる。

「それで……というわけだ」

と、西垣の説明も腰くだけに終り、「――もう出るか。な？　ここで会ったのも何かの縁だ。食事して帰るか」

夫婦で、「何かの縁」もないものだ。

「いらっしゃい！」

夫人は、西垣の腕をぐいとつかんで、「じっくり話し合いましょ。夜は長いわ」

と、夫を引張って行く。

田ノ倉と真知子は、その様子を見送って、

「怖いな」

「怖いわ」

と、同時に言い、一緒に笑った。

「ごめんなさい」

と、真知子は田ノ倉から離れて、「あの社長さんにはしつこく言い寄られていて、困ってたんです」

「いや、面白いものを見せていただきました」

「まあ、皮肉？　宮島勉さんは無類の皮肉屋って、専《もっぱ》らの評判ですもの」

「伝えましょう」

「あら、そんな——。宮島勉さんの秘書の方だなんて、知らなかったんです。本当です。

もしお気を悪くされたら――」

「いやいや、そんな心配はご無用です。ちょっとびっくりはしましたが、悪い気もしなかったし」

「そうおっしゃっていただけると――」

ホッとした表情の真知子は、改めて名刺を出した。「前沢真知子と申します」

「どうも……」

そこへ、パーティの受付にいた女性が、「真知子さん！　捜してたの。でも、良かった。すぐ見付かって」

「何か？」

「ロビーで、この方がお待ち」

と、メモを渡す。

メモを一目見た真知子は、

「田ノ倉さん。紹介したい人がいますの。五分ほどよろしいかしら」

「いいですよ」

田ノ倉も今日は暇だった。雇い主の宮島は面倒がって、あまりこの手のパーティに出ない。招待状を秘書へ寄こして、

「晩飯を食べて来い。タダですむぞ」

と言ったのだった。

——田ノ倉は大分皿を重ねて満腹になり、もう引き上げてもいいと思っているところだったので、前沢真知子について、人の間をかき分けていくと——。

ロビーで、学校帰りらしい少女が鞄《かばん》を手に、ブレザー姿で立っていた。そして、真知子が出て来たのを見ると、

「ママ！」

と手を振った。

「智子《ともこ》。——今日は帰り、遅いのね」

「うん。クラブがあったから」

と、その少女は田ノ倉を見ると、「この人、ママの恋人？」

「ちょっと！ ただの知り合いよ。田ノ倉さん。娘の智子です。今、中学二年生、十四歳ですの」

母親に似た、利発な感じの子である。そして、クリッと大きな目も、母親とそっくりだった。

「今晩は」

と、田ノ倉は言った。「君のママの恋人より、君の恋人になりたいね」

「あら、でも大分年上ね。私が十八のとき、おじさん、いくつ？」

田ノ倉は、「おじさん」と呼ばれて、いささかショックではあった。

「パパと一緒じゃないの？」

と、真知子が娘に訊く。

「パパ、向うにいる。照れくさいみたい」

と、智子は言った。「変だね、夫婦なのに会うのが照れくさいなんて」

「もう……。呼んで来てちょうだい」

「うん！」

智子は行きかけて、「おじさん、これ持たせてあげる」

と、田ノ倉へ鞄を渡して駆けて行った。「申しわけありません。一人っ子で、つい甘やかしているので」

「いや、すてきなお嬢さんじゃないですか。僕もあと五、六歳若けりゃ、大人になるのを待つんですがね」

と、田ノ倉は言った。

どこかで見たようでもあったが、前沢の目には、西洋の人間はたいてい同じように見える。

といって、東南アジアとか中東の人間も、似たように見える。

その、金髪でやたら背の高い男は、エレベーターから降りて来ると、ソファに座っていた前沢の前を通り過ぎようとして、

「ハイ」

と言った。

「はい?」

前沢は、まずい、と思った。前に会ったことがあるような……。

「ミスター・マチコ?」

前沢は、一瞬詰ったが、

「あーイエス、アイ・アム」

と、答えた。

すると、相手は嬉《うれ》しそうにペラペラとしゃべり出したのである。英語らしい、ということは分ったが、さっぱり中身は分らない。

「オー、イエス」

などと、何も分らないで肯《うなず》いたりするという、最も日本的パターンに陥ってしまった。

そこへ、智子がやって来て、

「パパ？」

「智子！　ママ、いたか？」

「うん」

「呼んで来てくれ！　頼む！」

智子も、状況をすぐに察知、あわてて駆け戻って行く。

――「ミスター・マチコ」。

前沢はそう呼ばれることに、もう慣れっこだった。

少しも抵抗はない。真知子は、仕事の場では、「前沢真知子」でなく、「マチコ」なのだ。「マチコ」という名は、外国人にも発音しやすいらしい。

前沢勇士《ゆうじ》は、その「マチコ」の夫。だから、「ミスター・マチコ」。

おかげで、前沢の方ではさっぱり憶えていないのに、すっかり親しい気分で声をかけてくれる外国人が何人もいた。前沢が、妻に用事があってもパーティに顔を出すのをいやがるのは、そういう外国人たちに会いたくない、というのも一因だった。

「――パパ！　ママを連れて来たよ！」

と、智子が戻ってくる。

真知子は、娘のようにスカートを翻《ひるがえ》して走るわけにもいかず、少し遅れたものの、

「ハロー、スティーヴ!」

と、声をかけ、やっと夫を救出した。

「マチコ!」

スティーヴ（というらしい）は、真知子の手を取って、その甲にチュッとキスした。

「パパ、大丈夫?」

智子が心配したのは、前沢が冷汗をかいていたからで、「ハンカチ、持ってる?」

「持ってる」

と、前沢は肯いて、ハンカチを取り出し、額の汗を拭《ぬぐ》った。「ありがとう。お前がローン・レンジャーに見えたよ」

「何、それ?」

「いや、いいんだ」

前沢は、真知子がスティーヴと話しながらパーティ会場の方へ戻って行くのを見送った。智子が、

「パパも英会話、やったら?」

と言った。

「俺には語学の才能はないんだ」

と言って、前沢は、「――どなた？」

田ノ倉が、いつの間にやら目の前に立っていたのである。

2

「おい、ミスター・マチコ！」

大きな声が社員食堂の中に響いて、続いてあちこちで笑いが起った。

「いいなあ、奥さんの稼ぎで食っていけるなんて！」

「俺も『ミスター・女房』になりたいぜ」

と、勝手に言って笑っている。

前沢は、聞こえないふりをして定食を食べていた。しかし、聞こえてしまうものを、耳からしめ出すわけにはいかない。

ついカッと頬が熱くなるのを感じて、そうなると、ますます顔が真赤になってしまうのである。

「——ここの定食なんか、無理して食わなくたっていいんだぜ」

と、しつこく絡《から》む手合いが必ずいる。

「奥さんは今ごろ、どこかでフランス料理かな？」

前沢の同期の連中である。同期だから仲がいいかといえば、実際は逆。

みんなが「平《ひら》」の間はまだいい。一人でも、頭一つ出世したりすると、「仲間」はたちまちギクシャクし始め、あっけなく崩壊してしまう。

特に、一人の妻に、夫の数倍の稼ぎがある、などと分っては、妬《ねた》みとやっかみで、こうして嫌味の言いたい放題になってしまうのである。

「前沢、少し金貸してくれよ。余ってるんだろ、お前のとこ」

「なあ、百万や二百万、同期のよしみだ、都合してくれたっていいじゃないか」

すると、そこへ——。

「お茶、いかがですか？」

と、ポットを手に、事務服姿の若い女性がやって来た。

「おっ！　ありがたいね」

「やあ、俺もね。——いや、こういう気のきく女房がいいな、俺は」

「そうですか？」

須田《すだ》ミカ。——前沢と同じ課の二十六歳である。

「ありがと……。おい！　溢《あふ》れてるよ！　おい、須田君！」

ランチの盆にのった湯呑《ゆの》み茶碗《ぢゃわん》へポットの熱いお茶が注がれ、茶碗から溢れても、さらに須田ミカは注ぎ続けた。

「あちち！　何するんだ！」

溢れたお茶は盆からもこぼれて、テーブルの端から、その男性社員のズボンへ流れ落ちたのである。

「あら！」

と、須田ミカはやっとポットを置いて、「何でも沢山の方が良さそうでしたから」

もちろん、前沢への嫌味を聞いて、頭に来ての行動である。

「——前沢さん、お茶は？」

「いや、僕はもうすんだから」

前沢は、盆を手に立ち上った。

ブツブツ言っている同僚に申しわけないとは思わない。もし逆の立場でも、自分があんなことを言わない自信はある。

社員食堂を出て腕時計を見ると、まだ三十分ほど昼休みがある。つい、せかせかと食べてしまったのだ。

「——前沢さん」

振り向くと、須田ミカで、「その辺で、お茶飲みません？」

「いいよ。君、お昼は？」

「ダイエット中——なんてね。実は、すぐ近くの喫茶店の卵サンドがおいしいの」

と、須田ミカはニッコリ笑った。

つい、つられて前沢も笑ってしまう。そんな魅力を持った笑顔だった……。

「あんな連中の言うこと、気にしちゃだめですよ」

本当に卵サンドを食べながら、須田ミカが言った。

「ああ、分ってる」

前沢はコーヒーを飲みながら、「それより、君もあんな無茶すると、いじめられるぜ」

「私、平気。黙っていじめられてやしませんよ」

確かに、そうかもしれない。

「でも——こんなこと、大きなお世話かもしれないけど……」

「何だい？」

「奥様も、少し前沢さんのこと、考えるべきだと思う。だって、いくらご自分の仕事のためだって言っても……」

と、言いかけて、「ごめんなさい。余計なことでしたね」

「いや……」

前沢は首を振って、「君の気持は嬉しいよ。しかし、女房も、こんなことになるとは思ってなかったんだ」

と言った。

――「『ミスター・マチコ』の内助の功」。

こんなタイトルの記事が週刊誌に載った。

真知子へのインタビュー記事だったのだが、その関連の取材で、真知子が仕事で親しくしている外国人から、「ミスター・マチコ」のことを聞いた記者が、こんなタイトルをつけてしまったのである。

いつもなら、表に出ることを嫌う真知子である。記事を見て、すぐ電話で抗議したのだが、出てしまったものは、どうすることもできない。

「真知子は今、大きな企画を抱えててね、少しでもＰＲしたいというんで、インタビューに応じたんだ」

と、前沢は言った。

須田ミカは微笑《ほほえ》んで、

「やさしいなあ、前沢さん」

「そんなことないさ」

無理をしているわけではない。正直、前沢は妻を尊敬していた。

時には何十人のスタッフを動かして、講演会やシンポジウム、といった企画を実現させる。しかも、英語、ドイツ語、フランス語は、政治問題でもやり合えるほど使える。

本当のところ、前沢はどうして真知子が自分と結婚したのかよく分らないのだった。

同じ高校の、前沢は一年先輩。大学は、前沢が私立大の文学部へ何とか滑り込んだのと違って、真知子は国立大の難関を突破して、更に首席で卒業した。

それでも――惚《ほ》れたのは真知子の方。前沢の独り住いのアパートへ、押しかけ同然で同棲《どうせい》し、二十五で結婚した。智子が産まれると、真知子は保育園への送り迎えだけは夫に頼んでいたが、育児にも手を抜かなかった。

そして、今、もう智子も十四である。

結婚して二十年にもなるのだが、今でも前沢にはよく分らない。――真知子は、俺のどこが気に入ったんだろう？

「――奥様、ジョージ・ベングラーを招《よ》ばれるんですって？　凄《すご》いですね」

　と、ミカが言った。

「ああ、そうなんだよ。いや、僕なんか名前しか知らないけどね。僕でも名前を知ってるってのは、大したことかもしれないな」

「経営の予言者とか言われてる人でしょ。私もよく知りませんけど」

「うん。ともかく世界中で引張りだこで、約束を取り付けるまでが大変だったらしい」

「そうでしょうね」

「講演料もべらぼうだって、怒ってたな。エージェントが扱ってるんで、どうしようもない、ってことだけど」

「一体いくら取るんですか？」

「さあ、聞いてない。聞くと、ショックを受けそうだからな」

　と、前沢は笑って言った。

　真知子はしばらく何も言わなかった。

　向うが強い――何といっても、「売り手市場」なのである。

　しかし、世間一般の常識というものがある。そんなものは、買い手さえつけば何の意味もないと言われれば、その通りだろうが……。

「分りました」

と言うには、努力が必要だった。「それで、絶対に確かなんですね」

「信用してないのなら、初めから自分で直接ジョージに連絡することですね」

大倉《おおくら》という男は、横柄《おうへい》な口調で言った。

「そういうわけではありません」

と、真知子は言った。「ただ、万に一つでも、ベングラーさんが来られないようなことになれば、企画そのものが大変なことになりますので、念を押しただけです」

「だから、信じないのならいいんですよ。こっちは入れたい仕事が山ほどあるんだ。正直、おたくの企画は一番金にならないんです。拘束時間が長い割にね」

真知子はこみ上げてくる不愉快な思いを何とか抑えて、

「ですが、ベングラーさんは経営学の学者でしょう。タレントではないんですから、本来、こういう講演やシンポジウムに出られるのがお仕事だと思いますけど」

と言ってやった。

大倉も、さすがに反論しにくいと見えて、「まあね」

と、渋々肯く。「だからこそご協力することにしたんですよ」

「よろしくお願いします」

　と、真知子は頭を下げた。

「任せて下さい。その代り、こっちを信用してくれないとね」

　大倉は嫌味たっぷりに言ったが、真知子の方はもう胸のつかえがきれいになくなっていた。

「契約書はどうなります？」

　と、真知子は訊《き》いた。

「必要ですか？」

「ええ。だって――これは大きな企画なんです。それに、ベングラーさんもきちんと契約書を作った方がご安心でしょう」

「作るのはいいんですが、時間がかかりますよ。向うの、ジョージのエージェントに連絡して、返事を待つことになりますからね」

「でも、こちらとしては大金を用意するんです。何か形になったものがないと、みんなに話ができません」

「じゃ、こうしましょう。取りあえず、私の誓約書を送ります。その上で、契約書が届き次第、そちらへ連絡する」

真知子は、初めて少し迷ったが、ここでこれ以上、この金ピカ趣味の男のご機嫌を取り結ぶ必要もないわけだ。

「それで結構です」

と、真知子は言った。「では、ベングラーさんによろしく」

「分りました」

大倉は、金の腕時計をこれ見よがしに見て、「——少し時間がある。どうです、一緒に仕事をするのも何かのご縁だ。どこかで一杯やりませんか」

ガラリと口調が変っていた。

真知子は穏やかに、

「せっかくのお誘いですけど、今日は娘の誕生日で、主人と三人で食事をとることになっていまして」

と、席を立った。「では、契約書の方、よろしく」

真知子は、いささか「危い誘い」には、いつもこの手で断ることにしていた。

「——どうした？」

宮島勉は、眉《まゆ》をひそめて、「お前らしくないぞ。さっきからボーッとして」

「――すみません」

田ノ倉はラウンジを出て行く女を見送って、「あれがお話しした『マチコ』です」

「ああ。――例の『ミスター・マチコ』のカミさんだな」

「それは妙な言い方ですね」

「どうでもいいさ。言葉はしょせん言葉だ」

と、宮島勉は言った。

「今、そこで話をしていたのが、つい耳に入って」

田ノ倉はそっと振り向いた。

大倉と名のったのも、田ノ倉は聞いていた。

「うさんくさい男だな」

と、宮島が言う。

「そう思われますか」

「ああ。昔、うまい話を持ちかけられて、何億円かまんまと騙《だま》しとられたことがある。

そのときの相手が、ああいうタイプだった」

「先生にもそんな経験があったんですね」

「喜ぶな。失敗は誰にもある。要は、そこから、何か学ぶかどうかだ」

宮島は、手もとの書類を閉じて、「まあ、何も問題はないようだな」

「だといいんですが。――あ、すみません、これは、あの『マチコ』さんの話です」

「その内、一億円が必要になるかな」

「さあ。――そうならないことを祈りますが。あの女性は、人に頼ることを嫌いますから、万一のときも自力で何とかするでしょう」

――大金持の宮島勉には、財産を遺《のこ》す親族もない。

そこで思い付いたのが、金を必要としている人間に、「一億円を贈ること」だった。

その相手は、秘書の田ノ倉が選び出す。

ただ「金が欲しい」というだけでなく、そこに何か「ドラマ」が生れることを、条件にして捜すのである。

「――よし、行くか」

と、宮島が言って立ち上った。

田ノ倉が、伝票を手に、会計へと足早に歩いて行くと、あの大倉という男の所に、新しい客がいた。

「――ベングラー」

その名前が耳に入って、田ノ倉はチラッと大倉のテーブルを振り返った。

大倉と向い合って座っている男を、田ノ倉の抜群の記憶力は見分けていた。確か……大手の広告代理店の部長だ。いや、取締役になったのだったか……。そう。安田《やすだ》だ。安田という男だ。

田ノ倉は、本当なら二人の話を聞いていたかったのだが、そうもいかず、会計へと向ったのだった。そして……。

3

「やあ」

と、田ノ倉は言った。「『女性のお客様』って言われて、誰かと思ったよ」

「すみません、お仕事中に」

前沢智子——あの『マチコ』の娘だ——が、ていねいに頭を下げる。

「いや、いいんだ。学校の帰り？　さ、こっちへ来て」

田ノ倉は、鞄《かばん》をさげたブレザー姿の智子をロビーの奥のソファの所へ連れて行った。

「どうしたんだい？」

と、田ノ倉は訊いた。

少女の顔は重苦しく沈んでいたのである。

「あの……」

と、智子は言いにくそうに、「お願いがあって……」

「言ってみてくれ」

と、田ノ倉が肯《うなず》くと、

「ママと別れて下さい」

と、智子は言った。

田ノ倉は、しばし絶句していたが、

「――何か、勘違いしてないか？　僕が君のお母さんと、付合ってるとでも？」

「違うんですか？」

「違う！　そんなこと、絶対にないよ。信じてくれ」

智子はしばらく田ノ倉を見つめていたが、

「――分りました」

と、肩の力を抜いて、「違ってて良かった！」

「しかし……どうしてそんなことを？」

「ママの様子が、このところおかしいんです。一週間くらいで、やせて、やつれちゃって。心配して、パパも訊いたんですけど、『何でもないわよ！』って怒鳴られて、何も言えなくなっちゃったんです」

「妙だね」

「それで、もしかしたら、と思って。すみません」

田ノ倉は、智子を見ていたが、やがてフッと笑うと、

「君は利口な子だな」

「え？」

「僕のことを疑ったというのは、本当じゃないね。こうして話しに来れば、僕が心配して力になってくれると思ったんだろ？」

智子は、ちょっと舌を出して、

「ばれちゃった」

憎めない子である。

「よし。僕も心配だ。調べてみよう」

「お願いします！」

と、智子は頬を赤く染めて、「私、田ノ倉さんみたいな人、好みのタイプ」

「おいおい」

「本当ですよ」

「もっと心配だ」

と、田ノ倉は苦笑いしたのだった。「しかし、何があったのかな。この一か月、どんな様子だった？」

「ほとんど毎晩、帰りは夜中でした。何とかいう外国の人の講演会の仕度で」

「ああ、ジョージ・ベングラーだね」

「そのせいかなあ。でも、どんなに忙しくても、パパや私に当るママじゃないんです」

「待てよ」

田ノ倉は、ちょっと考えて、「――少し待っていられるかい？」

「はい」

田ノ倉は、智子を待たせておいて、一旦《いったん》自分のオフィスへと戻った。

宮島は、面倒がって、ほとんど自分の関係する会社にも出て来ない。おかげで、ときどきはこうして田ノ倉が郵便物やファックスの整理に来なければならないのである。

田ノ倉は、親しくしている財界通の情報誌の編集者に電話を入れた。

「田ノ倉だよ。――うん、相変らずだ。ちょっと訊きたいんだけど。ジョージ・ベングラーの講演会があるのを知ってるか？」

「お前、よく知ってるな、そんなこと」

「小耳に挟んでね。別にベングラーの話には関心ないんだが、その講演会、どこの主催か知ってるか」

「面白いな。俺もつい昨日聞いたばかりなんだ。広告代理店の〈G〉の主催だよ」

「そうか……。何かそのことで――」

「うん、本当は別の所で企画を立ててたらしいんだが、〈G〉が講演料を倍額出して、強引に横どりしたらしいぜ」

やはりそうか。

「向うのエージェントと、こっちの大倉って奴《やつ》が手を組んでのことらしいよ。大倉は評判の悪い奴なんだ。しかし、前金で講演料全額払ったっていうんだな」

「前金で？」

「大倉は、そんなに金のある奴じゃないんだ。誰かがバックについてるんだろう、って噂《うわさ》だよ」

「誰がバックか、分らないか」

「当ってみてもいいが……。どうしてだ？」

「可愛《かわい》い彼女の頼みでね」

「へえ」

「信じてないな」

と、田ノ倉は笑って言った。「ベングラーの講演料、いくらだったんだろう。分るか」

「一千万って話だ」

田ノ倉は唖然《あぜん》とした。


真知子は、Nホテルのロビーに入って来た大倉の姿を見逃さなかった。

相変らず、金の腕時計をこれ見よがしにして、後に秘書らしい女性を連れている。

真知子は、真直ぐにロビーを突っ切って、大倉の前をふさぐように足を止めた。

「――やあ、これはこれは」

大倉の顔に、一瞬渋い表情が浮んだが、すぐにいつもの人を小馬鹿《こばか》にしたような笑みを見せた。

「大倉さん。説明して下さい。どういうことなんですか」

と、真知子は言った。

「どういうも何も。――ごく当り前のことじゃありませんか。他の買い手が高い値をつければ、そっちへ売る。私も、ジョージが〈G〉を選ぶのを、よせ、とは言えませんからね」

「あなたは、ちゃんと約束して、誓約書まで書いたじゃありませんか」

大倉は笑って、

「そのときは、本当にご協力するつもりでしたよ。しかし、物事は何でも変るもんです。ビジネスの世界ですからね。誓約書なんて、法的には何の効力もない。契約書じゃないんですからね」

むろん、真知子も大倉がそう出てくることは予想していた。しかし、言ってもむだと分っていても、黙ってはいられなかった。

「ベングラーさんの講演が、ご本人の意志で変更になったとしたら、仕方ありません。でも、大倉さん。会場まで、私が予約しておいたのを、勝手に解約してそのまま使うなんてひどすぎませんか」

「勝手に解約？　それは何のことです？」

と、大倉はとぼけて、「私は知りませんよ。問い合せたら、キャンセルになった、と聞いてね。あなたの方も大変だろうと思ったんです。解約の手数料を取られちゃお気の毒だ。私の責任じゃないが、少しでも助けてあげたいと思って、ホールの方へ、こっちで使うから、キャンセル料はあなたの方へ請求しないでくれ、と頼んだんです」

「まるで、礼を言ってほしいとでもいう口ぶりですね」

「まあ、そこまで要求しませんがね」

大倉は、後ろの若い女へ、「君も、こういう怖い女になるんじゃないよ。女は可愛くなくなったらおしまいだ」

と言って笑った。

真知子は、ひっぱたいてやりたいのを何とかこらえていた。――こんなクズを、まともに相手にしても仕方ない。我慢しろ。

「――じゃ、先を急ぐんでね。これで」

と、大倉が行きかけたとき、真知子の背後から、

「大倉さん、何してるの。待ってるのよ」

と、女の声がした。

どこかで聞いたことのある声だ。真知子が振り向くと、

「あら……。珍しいわね」

「西垣さん……」

N貿易の西垣社長の夫人である。

「大倉さんと何のお話?」

夫人は返事など待ちもせず、「さあ、細かい打ち合せがあるわ。早くして」

と、大倉へ言った。

「はい」

大倉は、さっさと行ってしまう西垣夫人の後からついて行こうとして真知子の方を振り向き、

「西垣さんの奥様には、ジョージの件について、何かとご協力いただいてましてね」

と言った。「それじゃ、これで」

真知子にも、誰がジョージ・ベングラーの講演料を倍につり上げ、しかも即刻前金で払ったのか、やっと分った。

でも……、何のために？　西垣が言い寄って来ていたのは確かだ。しかし、真知子は常に拒み通していた。

それなのに——あの夫人は、「夫が好意を寄せた女」に仕返しをしようというのか。本当なら夫を責めるべきなのに。

真知子は、こんな下らないことで、ビジネスが動くのかと思うと、ただ情ない思いに捉《とら》えられて、しばらくロビーに突っ立ったままだった……。

「あなた」

と、真知子は言った。「ごめんなさいね」

「——何だい？」

前沢は、もうウトウトしかけていた。

「いいの。眠って。起こすつもりじゃなかったの」

寝室は暗く、静かだった。

「真知子……」

「そっちに行っていい？」

ツインベッドの間を素早くすり抜けて、真知子は夫のベッドへと潜り込んだ。

「謝ったりするな」

と、前沢は言った。「夫婦だろ」

「そうね……」

もう、夜中の一時を回っていたが、真知子と前沢は静かに肌を添わせた。

しばらくの間、寝室は闇の中でほのぼのと暖まっていた……。

「——心配した？」

と、真知子が訊《き》いたのは、一時間ほどもたってからだった。

「しないと言ったら嘘《うそ》になる」

「説明すれば良かったわね。——心配かけたくないと思って、却《かえ》って心配させちゃったみたい」

「講演会のことで、何かあったのか」

前沢は、智子から事情を聞かされていたが、知らないふりをした。真知子にしゃべらせることが大切だったのだ。

真知子の話に、改めて前沢は腹を立てた。

「そのベングラーとかいうのも、ひどい奴だな。講演で一千万？　どこか狂ってる！」

「そうね。もう少し良識のある人と思ってた。がっかりだわ」

「放っとけよ。そんな奴、じきに消えるさ」

「ええ。それはいいの。ただ……何かやらないと」

「何か、って？」

「開催のためのスポンサーを、方々にお願いして回ったの。百社近く回って、結局七つの社で資金を出して下さったのよ。今さらやめました、ってわけにいかない。実際、準備に、もうお金もつかってるし」

「だけど、そのベングラーは来ないんだぜ」

「ええ。きちんと説明するけど、代りに何か企画したいの。せっかくスタッフも集めて、その人たちに申しわけないもの」

「何をやるんだ?」

「もう、有名人を招《よ》んで、お客を集めるっていうのはやめようと思うの。日本企業で働く外国の人たちに、自由に意見を言い合ってもらうとか、もっと小規模で、でも参加した人たちが喜んでくれる会にしたい」

「いいじゃないか」

「ただ……そういう主旨で、スポンサーがみんな納得して下さればいいんだけど……」

「まあ、心配するなよ。ともかくやってみる。それが君のやり方だろ」

「そうね」

真知子は、ちょっと笑って、「ありがとう、あなた」

と、そっと夫にキスしたのだった……。

4

「パパ、大丈夫?」

と、智子が訊く。

「何だ？　どこか大丈夫じゃないみたいに見えるか？」

「見える」

智子も、正直すぎて困ることがある。「あ、あの人じゃない？」

待ち合せた、約束のラウンジに現われたのは、前沢の倍も背丈があろうかという（あるはずがないが）、大きな男。

「ああ、そうだ。前にパーティで会ったことがある。そのときも、でかいんでびっくりしたもんだ」

向うが気付いて、二人のいるテーブルへやって来てくれた。

「ハロー、ミスター・マチコ」

と、グローブみたいな大きな手で固く握手される。

「ア、アイム・グラッド・トゥー・シー・ユー」

と、前沢は言った。

「発音、悪い」

と、智子が小声で言った。

相手の大男はドイツ人で、ハンスといった。商社に勤めている。

「お元気ですか？　マチコと、昨日電話で話しました。マチコの声はとても美しい」

ペラペラと日本語でしゃべられ、前沢は呆気《あっけ》にとられ、かつホッとした。

「良かったね、パパ」

「智子。——これは娘です」

「智子です」

と、サッと手を差し出し、「グーテン・ターク」

「グーテン・ターク！　マチコと良く似てますね」

と、ハンスは嬉《うれ》しそうに笑った。

智子の奴、いつの間にドイツ語の挨拶《あいさつ》なんか憶《おぼ》えたんだ？

「あの……ハンス。実はお願いが……」

と、前沢は言った。

「言って下さい」

と、ハンスが肯《うなず》く。

「真知子にプレゼントをしたい。そのために、手を借りたいのです」

「プレゼント？」

「今年、私と真知子は結婚して二十年になるので……」

「二十年！——おめでとう。私は二回とも二年も続かなかった」

と、ハンスが笑って、「喜んで、力になりたいです。何をしたらいいですか？」

前沢は少しホッとして、ハンカチを出し、額の汗を拭《ぬぐ》った。

「お仲間を——というか、こちらで仕事をされている外国の方々に、声をかけていただきたいので。真知子の考えているシンポジウムに、ぜひ参加してやって下さい。一人でも多く」

前沢は、こんなことを言うだけで、すっかりくたびれていた。ともかく、日本語で通じてもこれだけ疲れるのだから、カタコトの英語だったら、どんな惨状を呈していたか……。

「——分りました」

と、ハンスは微笑《ほほえ》んで、「できるだけ力になります。詳しいこと、ファックスして下さい」

「ありがとう！」

と、前沢は頭を下げた。

「パパ。ダンケ、って言うんだよ」

と、智子が言った。

それを聞いたハンスが笑って、

「いや、ミスター・マチコ、いいご主人ですね。あなたのために、力になります」

ハンスの大きな手が、もう一度前沢の手を包み込むように握った。

――ハンスと別れて、前沢が智子とロビーへ出ると、

「パパ、思い切ってやってみて良かったでしょ」

と、智子が言った。

「ああ。やっぱり、人間ってのは誠意だな」

と言ってから、そういうものの通じない人間もいるのだ、と思い出す。

「パパ、田ノ倉さん」

「――誰だって？」

前沢は、一瞬思い出せなくて焦《あせ》ったが、「ああ、宮島さんの秘書の方ですね」

思い出してホッとした。

「お話が」

と、田ノ倉は言った。

「はあ……」

「ベングラーの講演会を、〈G〉に横どりされたことは、知っています」

と、田ノ倉は言った。

「そうなんです。真知子も一時さすがに落ち込んで……。でも、大丈夫。立ち直って、違う企画で張り切ってます」

「それが、そううまくはいかないんです」

「というと？」

「スポンサーの七社が、やはりベングラーが出ないのなら、と下り始めているんです」

「何ですって？」

前沢は目を丸くした。

「今、奥さんは必死で説得に回っています。しかし、見たところ、五社は手を引くでしょうね」

「じゃ……残りは二社？」

「それがせいぜいです。どうですか、前沢さん。僕に、資金援助させて下さい」

「あなたに？」

「正しくは宮島氏からです」

と、田ノ倉は言った。

「それはありがたい！　じゃ、早速真知子に話をして――」

「待って下さい」

と、田ノ倉が止めて、「こちらは一億円、あなたに提供するだけです。後は、あなたの好きなように使って下さい」

前沢はポカンとして、

「一億円、とおっしゃったんですか？」

「凄《すご》い」

と、智子が感動して（？）、「パパ。仲良くしようね」

「――どうも」

と、真知子が頭を下げる。

大倉は渋い顔をして、

「あなたもしつこい方ですな。もう今さらどうあがいたって、手遅れですよ」

と言った。

「あら、何の話でしょう？」

「とぼけないで下さい。分ってるんですよ。スポンサー七社の六つまで下りたとか。一社だけの資金じゃ、ベングラーの講演料はとても出ませんよ」

真知子は笑って、

「何を勘違いされてるんですの？」

と言った。「今日は私、会場の下見と打ち合せに来たんです。あちらの〈小ホール〉にね」

大倉は意外そうに、

「じゃ、本当にやるんですか。金もないのに？」

「援助して下さる方がおられて」

と、真知子は言った。「そちらのように、大ホールで二千人も集めるってわけには参りませんけど、当日はどうぞよろしく」

「当日は？」

「たまたま、同じ日になったんです、こちらのシンポジウム」

「何ですって？」

大倉は不愉快そうに言って、「ま、誰も来やしませんよ。こっちはベングラーの名だけで充分です」

二人が出会ったのは、イベント用の会場で、二千人の大ホールと、小さな、百人ほどの小ホールがある。

「いいですね」

と、大倉が念を押した。「何かこっちの妨害をするようなことがあれば、ただじゃすまさないからな」

「何ですって？」

真知子は、さすがに正面から大倉を見つめて、「妨害したのはどっちですか」

「こんなところで、やり合うのはやめましょう」

と、大倉は言った。「明日、入場券を売り出します」

「おいくらですの？　参考までに伺いたいんですが」

「三万円です」

と、大倉は言った。「高いようだが、こういう費用は会社が持ちますからね」

「ご盛況を祈っていますわ」

と、真知子は一礼して、小ホールへと向った。

大倉はちょっと笑うと、大ホールの方を見て、

「飾りつけを、うんと派手にしてやる」

と、ひとり言を言ったのだった……。

5

「ご紹介します」

と、田ノ倉が言った。「宮島です。こちら、前沢真知子さん」

真知子は頬を紅潮させて、

「まあ！　よくおいで下さいました」

と言った。「あなたのおかげで、こうして無事に――」

「いやいや」

宮島は照れて遮ると、「盛況ですな」

と、小ホールのロビーに人が溢《あふ》れんばかりなのを見て言った。

「おかげさまで。――外国のお友だちが、みんなで協力してくれて」

「人徳というものだ」

と、宮島が微笑んだ。「さ、私どもは適当にやります。他の客のお相手を」

「はい！」

真新しいスーツの真知子が、客の間を駆け回るのを、二人は眺めていた。

「──確かに、目の力が違う」

と、宮島が言った。

「いかがですか。来て良かったでしょう」

「彼女が独身だとでもいうのならな」

と、宮島がとぼける。

「──田ノ倉さん」

と、やって来たのは前沢である。

「やあ、忙しそうですね」

「今日は会社を休んで、受付の手伝いです」

と、楽しげに言う。

「こちらが『ミスター・マチコ』さんですな」

宮島が握手をした。

「何とお礼を申し上げていいか」

前沢は胸が一杯の様子で、「今日は、真知子が輝くようです」

「パパ、ハンスが呼んでるよ」

と、智子も手伝いで駆け回っている。

「分った。——おい、日本語のしゃべれない相手とぶつかったら、すぐ通訳のお姉さんを連れて来るんだぞ」

前沢は、大柄な外国人の間に埋れてしまった。

「——たまには、人ごみもよろしいでしょう？」

と、田ノ倉が訊《き》く。

「そうか？　しかし、お前が面白いから、と言うので来たんだ。確かにいい雰囲気だが、面白くはないぞ」

「そうひねくれないで下さい」

と、田ノ倉が苦笑する。「今に、分りますよ」

——真知子が、親しい外国人ビジネスマンと企画したシンポジウムは大盛況だった。一社だけ下りなかったスポンサーが洋酒メーカーだったので、シャンパンが無料で出され、余計に舌を滑らかにしているようでもある。

「——そろそろ、席へご案内して」

真知子が、智子の肩を叩《たた》いた。「宮島さんがおいでと分っていましたら、ぜひパネル討論に加わっていただいたのに」

「とんでもない」

宮島があわてて、「人前でしゃべるのは苦手でしてね」

「その分、秘書に好きなことをおっしゃってますからね」

と、田ノ倉がからかう。

真知子は、ホールの表を見た。

「――ベングラーだわ」

大倉と、そして西垣も一緒だ。尊大な感じの男である。案内されて、大ホールの中へと入って行く。

「三万円のチケットが即日完売ですって」

と、真知子が言った。「でも良かったですわ。あんなこと、タレントで客を呼ぶのと変りありませんもの」

「そう。本当にやりたいと思ったものでなければ、上手《うま》くいかんものです」

と、宮島が肯《うなず》く。

「さあ、どうぞ中へ」

と、真知子が先に立って案内してくれた。


シンポジウムが始まって、一時間ほどたった。

田ノ倉は、宮島にちょっと肯いて見せた。

二人がロビーへ出ると、前沢が立っている。

「どうです？」

と、田ノ倉が訊く。

「そろそろ焦り始めてます」

と、前沢は腕時計を見る。「あと十分ですからね」

大ホールのロビーへ大倉が出て来て、

「どうなってるんだ！」

と、怒鳴っている。

「さっぱり分りません……。チケットは完売してるんですが……」

と、呆然《ぼうぜん》としているのは、西垣の所の社員らしい。

「百人足らずしか入ってないぞ！　あと十分もないのに、どうするんだ！」

大倉が青ざめ、汗で顔が光っているのが、小ホールのロビーからも分った。

「百人も入ったか」

と、田ノ倉が言った。「やっぱり、全部は無理でしたね」

宮島は田ノ倉を見て、

「そうか……。一億円の使いみちか」

「三万円のチケット、二千枚で六千万。——このシンポジウムの費用は、残りで充分にまかなえました」

と、前沢は言った。「アルバイトを雇って、一斉に買わせたんです。でも、百枚ほどは買いそこねたようで」

宮島が笑い出した。

「お前も段々人が悪くなる」

「雇い主に似たんです」

と、田ノ倉が言い返す。

三人が見ていると、大ホールの方は大騒ぎになっていた。

「何だ、このざまは！」

と、西垣が大倉を怒鳴りつけていた。「何とかしろ！　お前の責任だぞ」

大倉は真青になって、棒立ちになっている。

「——開演時間だ」

と、田ノ倉が言った。「ベングラー、怒って帰っちまうかな」

「何ですの？」

真知子がロビーへ出て来た。「向うがおかしいですね」

大倉が大ホールから出てくると、真直ぐに小ホールへとやって来た。

「真知子さん……。助けてくれ！」

大倉が、声を震わせる。

「何ですの、一体？」

「人が入らない。百人もいないんだ。頼む！　こっちの客に、聞きに来てもらってくれ！」

「何ですって？」

大倉が突然、床に座ると、両手をついて、「頼む！　この通りだ！」

と、頭を下げた。

真知子は、穏やかに、

「そんなことができると思います？　今、みんな熱心に討論しているんです。ベングラーの話を聞こうという人はいませんわ」

「真知子さん……」

「立ちなさい」

と、宮島が言った。「自分の責任においてやったことだ。その結果も自分で引き受けなさい。手分けして、道を行く人に声をかけて入ってもらうことだ。少しはましだろう」

大倉は、よろけながら立ち上ると、フラフラと行ってしまった。

「——同情する気になんかなれないわ」

と、真知子は言った。「でも、人が入らないって、どうしてなのかしら?」

「世の中には、ふしぎなことがあるものさ」

と、前沢は言った。「さあ、中へ戻った方がいいだろ」

「ええ。あと三十分したら一旦《いったん》休憩のつもりだけど。——討論が盛り上ってたら、続けてもらうわ」

真知子は、足早にホールへと戻って行った。

「——安田ですよ」

と、田ノ倉が言った。

〈G〉の取締役は、大倉に向って何か吐き捨てるように言って、大股《おおまた》に出て行ってしまった。

何と言ったのか、大倉がその場に座り込んでしまうのを見て、

「たぶん、二度とあの業界じゃ働けないな」

と、田ノ倉は言った。

「さて、帰るぞ」

と、宮島が言った。

「もう少し見ていましょう」

「時間のむだだ」

「私にも見せて！」

と、いつの間にやら、智子がやって来ている。

「もう少しいるか」

宮島は、智子を見て、そう言った。


「お世話になりました」

と、前沢は、宮島と田ノ倉を見送って、言った。

結局、シンポジウムの終りまで、残ってしまったのだ。

「あなたの気持がそうさせたんです」

と、田ノ倉は前沢と握手をした。

——大ホールでは、腹を立てたベングラーが帰ってしまい、入場していた百人ほどにはチケット代を返して、正に踏んだりけったり、という様子だった。

「——私は、『ミスター・マチコ』で満足してます」

と、前沢は言った。「考えてみれば、そんなことにこだわること自体、男の方が上だと思っているからでしょうね」

「パパ!」

智子が駆けて来た。

「どうした?」

「早く来て! みんな待ってるよ」

「何だ?」

「パパとママの結婚二十年のお祝いだって。みんな、中に残ってるから」

「そんなことまで頼んでないぞ!」

「いいから早く!」

前沢が、智子に手をつかまれ、引張られて行く。

「やれやれ。——じゃ、帰りますか」

「うむ……」

宮島は少し考えて、「ついでだ。最後まで見届けよう」

スタスタと小ホールへ戻って行く。

「先生！——全く、もう！」

宮島に美少女趣味があったのかしら、と田ノ倉は、いささか本気で心配し始めていたのである……。

解説

山前《やままえ》 譲《ゆずる》
（推理小説研究家）

お金の単位に「億」というのがあることはみんな知っているだろう。だが、実際に「億」という大金を手にする機会はあまり、いやほとんどないに違いない。一九八〇年に銀座の路上で一億円が拾われたり、一九八九年に川崎市の竹藪で二億円余りが発見されたりしたことが大きなニュースになったのは、意外に身近なところにあった「億」にインパクトがあったからではないだろうか。

その「億」がちょっとだけ実感できるようになったのは、一九八九年の年末ジャンボ宝くじでの賞金の最高額が一億円になったと話題を呼んでからだ。正確には一等六千万円と前後賞の各二千万円を合わせての一億円だったのだけれど、もしかしたらと夢が広がったものである。

そんな一億円という大金を自由に使っていいと言われた人たちの登場するのが、五編からなるこの連作『一億円もらったら』だ。新潮社から刊行されたのは一九九八年一月である。宝くじでは「億」という単位も珍しくなくなった頃とはいえ、普段の生活でそんな大金を手にする可能性はまずなかっただろう。

宮島勉は七十近い白髪の紳士である。まさに大金持ちだが、その財産を継ぐ妻子や兄弟はいなかった。手元の莫大な財産を「国にくれてやるくらいなら、全部海の底へ沈めてやる」と言っていた宮島だったが、気心の知れた秘書の田ノ倉良介が思い付いたのが、「一億円を贈る」だった。彼がドラマチックな状況で一億円を必要としている人間を見つけて、現金で手渡すのである。

三十一歳、独身の田ノ倉良介は記憶力抜群で、ちょっとセンチメンタリストだった。一億円はどう使ってもいいのだが、使いみちについては正直に報告してもらうのが義務である。かくして彼はさまざまな人生に寄り添うことになった。

巻頭の表題作「一億円もらったら」で田ノ倉は、喫茶店で絶望に包まれた男女を目にする。八田百合の父親が会社の一億円を使い込んだという。通勤途中で彼女が気になっていた武井は、事情を聞かされてもなすすべはなかった。そこで田ノ倉が一億円を差し上げようと武井に言うのである。

そのお金で使い込みを解消すれば一件落着となるはずだったが……。使い込みの理由がはっきりしないことが思わぬ結末へと導いていく。物悲しくてちょっとビターなラストシーンが印象的だ。

田ノ倉が独り侘しく食事をしているのは「故郷《ふるさと》は遠くにありて」である。宮島の下で秘書をしていると、デートの約束もままならないのだ。そこに女性がやってきて、「私、お金ないんです」と言う。

なんとも単刀直入な展開だが、田ノ倉の興味をそそるには十分なシチュエーションである。彼女、仲田美鈴はかつていじめられて追い出された故郷に帰りたいという。そしてなんと田ノ倉は美鈴に雇われて、その故郷の村にある屋敷を買い取ったり改修したりと奮闘するのだった。

記憶から消し去ったはずの過去が蘇り、村人たちは混乱する。はたして美鈴はどんなかたちで村人に復讐していくのか。映画『風と共に去りぬ』の一場面を思い出させるところもあり、かなりドラマチックな一億円の使い方と言えるだろう。

宮島はじつはちょっと意地悪な考えをもっていた。突然大金が入ると、人間はどうするか――。お金が人間の一生を左右するのは当然として、宮島は一億円を手にした人たちの反応に関心を持ったのだ。その宮島の考えをバランス良くサポートしているのが田ノ倉なのである。

その宮島に「出資のお願い」をしてきた会社の社員である北河が、出勤途中の電車で痴漢騒ぎに巻き込まれているのが「一、二の三、そして死」だ。被害を訴える女性を振り切って彼は出社するが、そのことは会社に伝わってしまう。課長補佐に昇進する話もご破算になってしまった。辞表を出せとも言われる。宮島はそんな北河に興味を抱いて一億円を渡すのだ。

天国から地獄につき落とされたかのような北河が、はたしてそのお金でどんな人生を歩もうとするのか。彼と絡み合う何人かの人生が、一億円の悲哀を浮き彫りにしていく。大金を手にしても、そして手にする機会があったとしても、身の丈に合った人生を選択できるかどうかが問われている物語である。

田ノ倉は宮島の古い知人の見舞いで、S大学病院へやって来ていた。これも秘書の役目である。その病院の前庭のベンチで、女子高生が深い絶望のため息を洩らしているのに気付く。

高校三年生の奥田早苗は、そこに入院している同じ歳の高畑妙子と親友になったいきさつを田ノ倉に話す。そしてあと半年ももたないと言われていた妙子が、早苗と同じ制服を着て、高校を卒業したいと言い出したというのだ。学校の特別な計らいでそれは可能になったけれど、問題は制服が――。

田ノ倉よりも宮島のほうが活躍しているのがこの「仰げば尊し」だ。〈一億円、もらったら〉ではなく、〈一億円、どう使う〉である。きっかけは田ノ倉だが、最終的に一億円の使い方を決めたのは宮島なのだ。宮島はけっこういい人かも？　切ないとはまさにこの物語のことである。本書の収録作でもっとも有意義に使われた一億円と言えるのではないだろうか。

そしてまたもや窮地に陥った女性を、宮島が一億円で助けているのは最終話の「ミスター・真知子の奮闘」である。

前沢真知子は英語、ドイツ語、フランス語を使いこなし、講演会やシンポジウムといった企画を実現させている。その手腕は国内外で高く評価され、夫の前沢勇士は「ミスター・マチコ」と呼ばれているほどだ。

その真知子が経営の予言者と言われているジョージ・ベングラーを招いての講演会を企画した。ところがそこに横槍が入ってくる。金に物言わせて講演会を邪魔する人物が現れたのだ。はたしてその打開策は？　宮島は無類の皮肉屋だと専らの評判だが、ここではなんだかウキウキしているように見えるのが面白い。赤川作品らしい女性たちの活躍が小気味いい物語だ。

「ミスター・真知子の奮闘」のなかでちょっと触れられている『ローン・レンジャー』は、もともとラジオドラマとして製作されたアメリカの西部劇で、さらにコミック、映画、テレビドラマ、テレビアニメと展開されていった人気シリーズである。日本ではテレビドラマ版が一九五八年から放映され、黒い仮面をつけたローン・レンジャーの愛馬への掛け声である「ハイヨー、シルバー！」が流行語となった。

少し遅れて日本のテレビで人気を呼んだ番組が、やはりアメリカのドラマ『じゃじゃ馬億万長者』である。片田舎の貧しい農家の家長が、獲物を狙って銃を撃ったところ、なんと石油が噴き出してきたのだ。その情報を聞きつけた石油会社が多額の権利金を支払うのだった。

かくして億万長者となった一家は、ロサンゼルスの高級住宅街であるビバリーヒルズに引っ越す。しかし、あまりにもこれまでの生活とは環境が違った。いわゆるセレブの街での生活やその住人との人生観のギャップが笑いをそそるのだ。それにしても原題の「The Beverly Hillbillies」を『じゃじゃ馬億万長者』とネーミングしたのはじつに絶妙である。

宮島は『じゃじゃ馬億万長者』のように、突然の「人と金」との出会いがどんな化学反応を起こすのかに興味を持ったのだった。まかり間違えば、その人間の一生をぶちこわしかねない危うさを秘めた試みは、『不幸、買います』へと続く。

二〇〇〇年二月　新潮文庫刊

光文社文庫

一《いち》億《おく》円《えん》もらったら
著　者　赤《あか》川《がわ》次《じ》郎《ろう》

2024年 2 月20日　初版 1 刷発行
2024年12月15日　2 刷発行

発行者　三　宅　貴　久
印　刷　萩　原　印　刷
製　本　ナショナル製本

発行所　株式会社　光　文　社
〒112-8011　東京都文京区音羽1-16-6
電話（03）5395-8147　編　集　部
8116　書籍販売部
8125　制　作　部

ISBN978-4-334-10210-4　Printed in Japan

組版　萩原印刷

利休鼠のララバイ　赤川次郎
濡羽色のマスク　赤川次郎
茜色のプロムナード　赤川次郎
虹色のヴァイオリン　赤川次郎
枯葉色のノートブック　赤川次郎
真珠色のコーヒーカップ　赤川次郎
桜色のハーフコート　赤川次郎
萌黄色のハンカチーフ　赤川次郎
柿色のベビーベッド　赤川次郎
コバルトブルーのパンフレット　赤川次郎
菫色のハンドバッグ　赤川次郎
オレンジ色のステッキ　赤川次郎
新緑色のスクールバス　赤川次郎
肌色のポートレート　赤川次郎
えんじ色のカーテン　赤川次郎
栗色のスカーフ　赤川次郎
牡丹色のウエストポーチ　赤川次郎

灰色のパラダイス　赤川次郎
黄緑のネームプレート　赤川次郎
焦茶色のナイトガウン　赤川次郎
狐色のマフラー　赤川次郎
セピア色の回想録　赤川次郎
向日葵色のフリーウェイ　赤川次郎
珈琲色のテーブルクロス　赤川次郎
ひまつぶしの殺人 新装版　赤川次郎
やり過ごした殺人 新装版　赤川次郎
とりあえずの殺人 新装版　赤川次郎
一億円もらったら　赤川次郎
不幸、買います　赤川次郎
非武装地帯　赤川次郎
眠れない町　赤川次郎
馬疫　茜灯里
女童　赤松利市
白蟻女　赤松利市

真珠《しんじゅ》色《いろ》のコーヒーカップ〈33歳の春〉
桜《さくら》色《いろ》のハーフコート〈34歳の秋〉
萌黄《もえぎ》色《いろ》のハンカチーフ〈35歳の春〉
柿《かき》色《いろ》のベビーベッド〈36歳の秋〉
コバルトブルーのパンフレット〈37歳の夏〉
菫《すみれ》色《いろ》のハンドバッグ〈38歳の冬〉
オレンジ色のステッキ〈39歳の秋〉
新緑色のスクールバス〈40歳の冬〉
肌色のポートレート〈41歳の秋〉
えんじ色のカーテン〈42歳の冬〉

栗色のスカーフ〈43歳の秋〉
牡丹色のウエストポーチ〈44歳の春〉
灰色のパラダイス〈45歳の冬〉
黄緑のネームプレート〈46歳の秋〉
焦茶《こげちゃ》色《いろ》のナイトガウン〈47歳の冬〉
狐色のマフラー〈48歳の秋〉
セピア色の回想録〈49歳の春〉
向日葵《ひまわり》色のフリーウェイ〈50歳の夏〉
珈琲色のテーブルクロス〈51歳の冬〉
爽香読本 改訂版 夢色のガイドブック ――杉原爽香、二十七年の軌跡

赤川次郎ファン・クラブ

三毛猫ホームズと仲間たち

入会のご案内

会員特典

★会誌「三毛猫ホームズの事件簿」（年４回発行）
会誌の内容は、会員だけが読めるショートショート（肉筆原稿を掲載）、赤川先生の近況報告、先生への質問コーナーなど盛りだくさん。

★ファンの集いを開催
毎年、ファンの集いを開催。記念写真の撮影、サイン会など、先生と直接お話しできる数少ない機会です。

★「赤川次郎全作品リスト」
600冊を超える著作を検索できる目録を毎年７月に更新。ファン必携のリストです。

ご入会希望の方は、必ず封書で、〒、住所、氏名を明記の上、110円切手１枚を同封し、下記までお送りください。（個人情報は、規定により本来の目的以外に使用せず大切に扱わせていただきます）

〒112-8011
東京都文京区音羽 1-16-6
(株)光文社　文芸編集部内
「赤川次郎Ｆ・Ｃに入りたい」係

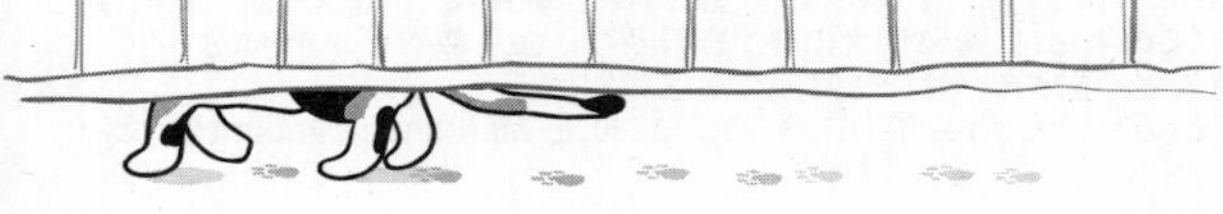